인성 실천 지침서
중용이야기

K-Culture의
홍익인간,
팬데믹을 이겨내다

K-Culture의 홍익인간, 팬데믹을 이겨내다

초판인쇄	2020년 05월 15일
초판발행	2020년 05월 28일

지은이	김광식
발행인	조현수
펴낸곳	도서출판 더로드
마케팅	최관호
IT 마케팅	조용재
편집	박남숙
디자인 디렉터	오종국 Design CREO

ADD	경기도 고양시 일산동구 백석2동 1301-2
	넥스빌오피스텔 704호
전화	031-925-5366~7
팩스	031-925-5368
이메일	provence70@naver.com
등록번호	제2015-000135호
등록	2015년 06월 18일
ISBN	979-11-6338-075-7-03810

정가 18,000원

인성 실천 지침서
중용이야기

K-Culture의
홍익인간,
팬데믹을 이겨내다

김광식 지음

도서
출판 **더 로드**
The Road Books

"세상은 결코 혼자 살아갈 수 없습니다"

어느 날 독서회원 한 분이 제게 질문을 하셨습니다.

"한국을 대표하는 철학자는 누가 있을까요?"

한국을 대표하는 철학자? 이황? 이이? 박지원? 정약용? 최근 인물로 신영복 교수?

고대부터 현재까지 한국 사상을 적극적으로 연구하고 전파했던 사람이 떠오르지 않았습니다. 유학은 전통 한국 사상이 아닙니다. 불교도 한국에서 파생된 사상이 아닙니다. 동학을 최초로 창시한 최제우 선생? 이 또한 유불선의 융합 사상일 뿐 순수 한국 사상이 될 수 없습니다. 반만년 긴 역사를 간직한 한국의 정체성은 무엇일까요? 『삼국유사』를 떠올려 봅니다.

대체로 옛날 성인이 예(禮)와 악(樂)으로 나라를 일으키고 인과 의로 가르침을 펼치고자 할 때면 괴이한 일과 완력, 어지러운 일과 귀신에 대해서는 말하지 않았다. 그렇지만 제왕이 일어날 때는 하늘이 내려주는 명령 받고 도록(길흉화복을 예언한 예언서)을 받음은 보통 사람과는 다른 점이 있었다. 그런 연후에 큰 변화를 이용하여 천자의 지위를 장악하고 제왕의 대업을 이뤘다.

(중략 부분 – 고대 중국의 신화적 인물인 복희, 신농씨, 소호씨, 설, 기, 요임금부터 한나라 유방의 탄생 설화를 나열)

그러므로 삼국의 시조가 모두 신비스럽고 기이한 데서 나온 것을 어찌 괴이하다 하겠는가? 내가 「기이」 편을 모든 편의 첫머리에 싣는 까닭이고 의도가 여기에 있다.

서문(머리말)은 책을 편찬한 이유를 담습니다. 스님이 역사서를 만들었다니 의문이 듭니다. 일연 스님은 잠시 국사의 직책을 맡았습니다만 역사학자는 아닙니다. 역사학자가 아닌 스님이 역사서의 서문에 어떤 의지를 담았을까요?

서문을 보면 중국 제왕의 탄생신화를 나열한 후에 한국의 삼국 시조도 고대 중국의 경우와 마찬가지로 기이하게 태어났다고 마무리

하며, 이것이 책 첫머리에 싣는 의도라고 했습니다. 서문 다음에 등장하는 것이 단군신화입니다. 그 뒤로 삼국 시조의 기이한 탄생신화가 이어집니다.

책의 배치 순서를 보면 '중국 너희도 5000년 이상의 역사를 이어온 나라지만 우리나라도 반만년의 역사를 고수한 나라로, (단군왕검이 고조선을 건국할 때가 중국의 요임금과 같은 시기라는 문장에서 대략 500년 정도 차이로 추측) 너희 제왕들이 기이하게 태어났듯이 우리의 제왕들도 기이하게 태어났다. 우리 역사도 너희와 다르지 않다!' 라는 일연 스님의 뜻을 추측할 수 있습니다.

일연 스님은 서문을 통해 중국이 오랜 전통의 나라지만, 우리 고려도 오랜 전통을 가진 나라임을 밝힙니다. 그리고 『위서』나 『고기』라는 책에 기록된 단군신화를 근거로 한국인의 정체성이 '홍익인간' 임을 분명히 밝힙니다.

그렇습니다. 한민족 반만년 큰 흐름 속에서 자본주의 이전에, 유학 이전에, 불교 이전에, 한국인을 대표하는 사상은 홍익인간입니다. 널리 인간을 이롭게 하는 일, 나보다 타인을 먼저 배려하고 나로부터 시작하여 타인으로 확산하는 이로움, 이타주의 사고가 한국인의 정체성입니다. 일연 스님은 저서 『삼국유사』를 통해 한국의 유구한 역사 그리고 한국인의 홍익정신을 밝힙니다.

홍익정신이 한국인의 근원이라는 근거를 '정(精)'에서 찾습니다. 나보다 약한 사람은 도와주고 강한 사람에게 대항하는 개인적인 정(精)에서 의병, IMF 금 모으기 운동, 태안 기름유출로 인한 자원봉사의 집단적인 정(精)은 세계 어디서나 찾아보기 힘든 한국인만의 정체성입니다. 한국인은 자기희생을 두려워하지 않는 민족입니다. 남을 위한 것이 나를 위한 것이라는 DNA를 먼 조상으로부터 물려받았습니다.

그런데 홍익정신은 세상에 밝게 드러나지 못했습니다. 삼국유사는 1907년 처음으로 일제의 번역에서 가치가 나타납니다. 당시 일본 도쿄대학이 활자본 출간을 준비했습니다만 조선 학자들은 삼국유사의 존재조차 몰랐습니다. 폐쇄적인 유학자가 불교 신자의 책을 연구할 리 만무했을 겁니다. 한탄스럽게도 일본이 삼국유사를 처음 발견하고 번역하여 밝은 덕성의 곰이 미련한 곰탱이로 불리게 됩니다. 곰의 자식에서 비롯된 조선인이 얼마나 미련해 보였겠습니까. 부랴부랴 조선사학회가 20년이 지난 1928년 비로소 삼국유사 활자본을 간행합니다. 이미 소 잃고 외양간 고친 격이었습니다. 1930년에 최초 한국어 번역으로 『야담』이라는 잡지에서 삼국유사가 등장합니다. 이토록 어렵게 삼국유사가 모습을 드러냈지만, 역사가들 대다수는 '야사'라며 역사서로는 무가치하다고 치부해 버립니다.

역사에는 인간이 있고 사상이 있고 현재가 있고 미래가 있습니다. 역사서는 단순한 역사 기록물이 아닙니다. 민중의 삶을 담고 있어야 합니다. 삼국유사는 다른 역사서에는 찾아볼 수 없는 한민족의 정체성을 담고 있는 현존하는 유일한 책입니다. 역사적 사실만 기록한 책은 죽은 기록문일 뿐입니다.

삼국유사는 한국인의 근원적 정신을 밝혔지만, 홍익정신을 좀 더 구체적으로 설명하지 않았고 홍익인간이 명시된 다른 책은 없습니다. 조선은 유학을 숭배하고 불교를 억압하는 정책을 펼쳤습니다. 따라서 불교의 폐단이 나라를 망쳤다는 이유로 불교와 관련된 수많은 책을 분서했을 가능성이 큽니다. 진나라가 통일하고 분서갱유를 했던 것과 마찬가지로 말입니다. 조선은 중국 사상을 어버이로 섬긴 나라입니다. 한국의 전통 사상을 연구할 리 없습니다. 그렇게 사장되었을 겁니다.

이제 K-Culture의 세계 확산으로 홍익정신이 밝게 드러나고 있습니다. 다양한 사건에서 한국인의 홍익정신을 찾을수 있습니다.

자존감 회복 시대입니다.

자존감 회복은 자신이 노력해야 하며 그 결과에 대한 책임도 자신에게 있다는 조건이 붙습니다. 서구의 개인주의 관점에서 자존감 회복입니다. 나로부터 시작해서 전체를 보는 자기중심적 사고입니다. 반면에 한국인은 전통적으로 집단주의 관점에 익숙합니다. 비록 이런 관점이 체면과 눈치라는 부정적인 요인을 가져왔지만, 한국의 집단주의는 나보다 인간을 이롭게 하는 이타주의가 바탕임을 잊어서는 안 됩니다. 한국인은 태생적으로 전체에서 나로 집중하는 방식으로 살아왔습니다.

세계화라고 하지만 서구의 사고방식과 한국인의 사고방식은 분명히 다릅니다. 개인주의 관점에서 자존감 회복은 원초적으로 한국인에게 어울리지 않습니다. 익숙한 우리 방식을 배제한 자존감 회복은 정체성 혼란만 가져다주며 도대체 자존감이 뭔지 알 듯 말 듯 헷갈리게 만듭니다.

한국인의 사상적인 근원은 '홍익인간' 입니다. 널리 인간을 이롭게 하는 이타주의가 반만년 한국인의 DNA로 이어져 내려왔습니다. 한국인으로서의 '내가' 개인으로서의 '나' 와 어울릴 때 저절로 자존감은 높아집니다. 정리하자면 자존감 회복은 서구의 관점이 아니라 한국인의 관점에서 시작해야 합니다. 그런데 한국인의 '홍익 정신'만을 독자적인 철학사상으로 연구한 자료가 없다는 사실이 민망합니다.

『중용』은 유학의 집대성자인 공자의 손자인 자사가 쓴 글입니다. 따라서 중용은 태생이 중국의 사상을 담은 책이며, 대체로 한국에서 연구하는 중용은 주자의 성리학적 색깔을 띱니다. 원래 약 2500년 이전의 중용은 1000년 뒤에 만들어진 성리학적 철학서가 아니라 인간관계의 긍정성을 요구했던 처세술에 가깝습니다. 관계의 친밀성을 강조하고 정서적 공감의 충서(忠恕)는 인간을 이롭게 하는 '홍익정신'과 유사합니다. 미약한 지식의 기반 끝에 『중용』을 선택한 이유입니다. 얕은 지식으로 철학을 밝힌다는 것에는 분명히 한계가 있지만 원시유학의 중용과 성리학의 중용을 양단에서 치우치지 않으려고 노력했습니다.

미약하나마 홍익정신의 철학을 새겨보고자 도전합니다. 철학 없는 실천은 결핍을 낳게 됩니다. 공허함만 남습니다. 철학이 확고한 사람이 성공한 사람이며 고독한 군자입니다. 꿈일지도 모르지만, 홍익정신의 K-Culture가 세계를 주도하는 인류의 정신이 되길 기원하는 바람을 책에 담았습니다. 그리고 홍익정신을 좀 더 구체화시킬 누군가의 용기를 기다립니다.

    이 책은 도올 김용옥의 『중용 인간의 맛』을 참고로 하였고, 성리학의 관점으로는 퇴계 이황의 『성학십도』를 참고했습니다. 『중용』 원본은 일부러 넣지 않았습니다. 원본은 번역하는 사람의 해석에 따라 많이 다릅니다. 도올 김용옥 선생의 해석과 전통 학자들의 해석이 다른 경우가 종종 있습니다. 특히 원본에 생략된 주어를 무엇으로 하는가에 따라 결과가 달라집니다. 따라서 중용 원본의 해석은 여러 책을 참고하여 해석해서 한글식으로 썼습니다.

    한자를 최대한 쓰지 않으려고 신경썼지만, 개념에 필요한 한자는 그대로 옮겼습니다. 중용 1장에 '성(性)'이란 한자 하나도 해석하려면 끝이 없습니다. '교(敎)'를 단순히 가르침으로 번역하는 것도 오류를 일으킨다고 생각합니다. 니체의 『차라투스트라는 이렇게 말했다』에 등장하는 '위버멘쉬'라는 용어를 더 이상 '초인'으로 번역하지 않듯이 말입니다. 하늘의 명령을 성(性)이라고 하면 '하늘의 명령을 성(性)이라고 하는구나'라고 생각하면 됩니다. 성(性)이 중요한 게 아니라 하늘의 명령이 무엇인지 생각하는 게 좀 더 건설적이지 않을까요? 간혹 한자 해석에 좀 더 집중한 경우도 있습니다. 실천의 문제에 있어서는 풀어 설명하는 게 좀 더 낫겠다는 생각에서 비롯한 것입니다. 참고하여 책을 읽어주시면 좋겠습니다.

이 책을 출간하기까지 많은 분들의 도움이 있었습니다.

처음 초고를 쓴 후에 구성적인 면이나 방향성에 대한 조언을 얻고자 몇몇 지인분들께 도움을 요청하였습니다. 평범한 독자로서 살펴주신 박인숙 선생님, 구성이나 맥락적인 부분을 확인해 주신 박남숙 선생님, 전체 흐름이나 방향성 보완을 논해 주신 천성은 선생님의 조언이 큰 힘이 됐습니다. 이 분들의 가르침 덕분에 좀 더 완성된 퇴고가 가능했습니다. 하지만 책을 출간하기로 결심하기에는 다소 시간이 필요했습니다. 독자가 읽어줄 만한 수준인지, 너무 비약적인 해석은 아닐까, 좁은 지식과 경험을 과대 포장한 오만함은 아닌지, 동양고전이라는 분야는 잘 읽히지 않는데 책으로 출간한들 무슨 의미가 있을까 등 생각이 많았습니다. 몇 개월을 머뭇거리고 있던 때에 더로드 출판사 대표님의 전화를 받았습니다. 대구에 코로나19 확산속도가 급속도로 악화되고 있던 때에 잘 지내고 있는지 안부를 물어봐주신 대표님의 세심함에 고민을 이야기하자 흔쾌히 원고를 보내 달라 하셨고, 대표님의 긍정적인 답변에 출간을 결심했습니다.

　한 권의 책이 출간되기까지 수만흔 어려움을 알기에, 사심 없이 자기 일인 양 흔쾌히 도와주신 분들의 관심과 도움에 다시 한번 감사 말씀 드립니다.

　세상은 결코 혼자 살아갈 수 없습니다
　그래서 모든 분들이 감사합니다.

2020년 5월 봄날에

저자　김광식

Contents | **차례**

미약하나마 홍익정신의 철학을
새겨보고자 도전합니다.
철학 없는 실천은 결핍을 낳게 됩니다.
공허함만 남습니다.

인간은 관계에서
자유와 행복을 찾을 수 있습니다.
내 자존감 회복도 관계에서 찾아야 합니다.
나와 나의 관계에서 시작해야 합니다.
나 자신의 관계를 배제하고 타인과의 관계에만
집중한 자존감 회복은 갈증만 유발합니다.
하늘이 한국인에게 명령합니다.
"세상 인간을 이롭게 하라."
세계 유일한 한국인의 정체성입니다.

PART 01

弘

益

人

間

홍익인간,
하늘이 명령하다

중용 1장~5장

중용 1장 ①

널리 인간을 이롭게 하라

하늘이 세상 만물에게 명령하는 것을 성(性)이라고 부른다.
하늘이 명령하는 대로 살아가는 것을 도(道)라고 한다.
하늘이 명령하는 대로 살아가는 데 흐트러짐 없는 습관을 교(敎)라고
한다.

'하늘'을 알아야 하늘의 명령을 알게 됩니다. 하늘의 명령을 알아
야 '성(性), 도(道), 교(敎)'가 이해됩니다. 직관적으로 하늘을 'SKY'
로 해석해서는 안 된다는 점은 느끼고 있을 겁니다. 『중용』은 중국의
책입니다. 중국인 입장에서 '하늘'을 설명하겠습니다.

먼저 중국의 창조신화에서 하늘의 의미를 찾아보겠습니다. 중국
신화는 '반고'라는 신에서 시작합니다. 혼돈한 세상에 알에서 태어
난 반고가 해와 달과 자연을 창조했다는 설과 죽은 반고의 시체로부
터 만물이 생성되었다는 이야기입니다. 반고의 왼쪽 눈은 태양, 오
른쪽 눈은 달, 머리와 몸통은 각각 흩어져 다섯 개의 산이 됩니다.

다섯 개의 산 중앙에 중국이라는 나라가 탄생합니다. 해와 달 그리고 다섯 봉우리 즉 '일월오봉' 입니다.

일만 원권 지폐를 보면 세종대왕 왼편에 그림이 있습니다. 어좌 뒤에 병풍으로 놓인 '일월오봉도' 입니다. 그런데 역사 전문가 누구도 일월오봉도가 어좌 배경으로 쓰인 유래를 모르겠다고 답변합니다. 중국신화를 반추한다면 이유를 충분히 알 텐데 말입니다. 중국 사대주의에서 비롯된 것을 모르는 것일까요? 외면하려는 것일까요?

〈일월오봉도〉 왕권강화와 왕족의 번창 그리고 백성들의 태평성대?

반고의 뒤를 이어 '삼황오제' 가 등장합니다. 세 명의 황제와 다섯 명의 제후를 말합니다. 첫 번째 황제인 복희는 인간에게 사냥법과 불의 사용법을, 두 번째 황제인 신농은 농업과 상업을 가르쳐 줬고, 세 번째 왕인 헌원은 수레와 글자를 발명하고 집 짓는 법, 옷 짜는 법, 천문과 역산, 의료술을 가르쳤다고 합니다. 세 황제는 중국을 직접 다스린 후 하늘로 승천하고 그 뒤를 잇는 다섯 자손 '오제' 가 등장합니다. 다섯 명의 제후를 말하는데 중국 역사상 최고 성군으로 알려진 요·순임금이 이에 해당됩니다.

고대 중국 하늘은 삼라만상의 조물주(반고)이며 인간을 간섭하는 인격체(삼황오제)입니다. 반고에서 삼황까지는 하늘이 직접 지상에 내려와서 인간을 다스리지만 오제부터는 인간이 인간을 다스립니다. 하늘의 다스림을 위임받은 인간은 하늘이 낳은 존재, 선택된 존재이므로 '천자(天子)'라 호칭합니다. 천자는 하늘의 아들이므로 하늘의 뜻을 알아야 합니다. 그래서 중국 고대 왕은 자신이 제사장이거나 무당을 중요한 요직에 봉합니다.

농경사회에서는 하늘의 뜻을 아는 게 중요합니다. 언제 비가 내리고 그칠지, 씨앗을 뿌릴 때와 홍수의 시기를 아는 것은 생존과 직결되기 때문입니다. 그런데 무당마다 제시하는 답변이 일치하지 않는 문제가 발생합니다. 하늘의 아들이 하늘의 뜻을 몰라서는 안 되므로 수백 년 경험치를 바탕으로 통일된 하나의 매뉴얼을 만들게 됩니다. 바로 『역』입니다. 서구식 달력이 양력이라면 동양에서는 음력을 의미합니다. 역은 농경사회에 가장 위대한 발명품입니다. 역에 기재된 24절기는 농사에 필요한 중요한 날을 의미합니다. 역은 하늘의 기운을 살피는 중요한 역할을 합니다. 이후로 역은 하늘의 뜻을 인간의 삶에 적용시키고자 하는 바람으로 '점술서(점을 치는 책)'로 발전합니다. 64괘로 점을 치는 『주역』이라는 책이 대표적인 점술서입니다. 공자가 죽기 전 가죽끈이 세 번이나 헤지도록 읽었던 책이 『주역』이라고 하죠. 그는 점술서를 철학적 관점에서 풀이합니다. 다산 정약용의 『주역사전』도 이와 마찬가지입니다. 정리하자면 중국인에게 하늘은 만물을 창조한 조물주이며 인간을 다스리는 인격체입니다. 하늘은 신성과 인성을 갖춘 존재입니다.

한국의 하늘도 중국의 하늘과 유사합니다.

하늘을 다스리던 환인의 아들 환웅이 인간 세상을 직접 다스리고 싶어합니다. 환인은 환웅에게 천부인 세 개를 주며 인간 세상을 다스리도록 허락합니다. 환웅은 풍백, 우사, 운사를 비롯하여 삼천 명의 수하를 이끌고 태백산에 내려와 인간을 다스립니다. 풍백은 바람의 신, 우사는 비의 신, 운사는 구름의 신입니다. 환웅은 인간의 생존요소인 농사에 필요한 신들을 하늘에서 데리고 내려온 것입니다.

환웅은 인간으로 변한 곰과 결혼하여 단군을 낳습니다. 이때부터 하늘의 피를 이어받은 단군(천자天子)이 인간을 다스리기 시작합니다. 하늘의 피를 이어받았으니 하늘의 뜻을 잘 알아야 합니다. 초기 신라 2대 남해왕을 '차차웅'이라고 불렀습니다. '차차웅'은 무당을 뜻합니다. 한국에서도 하늘은 하늘과 인간을 다스리는 인격체입니다. 왕은 무당으로 하늘의 뜻을 정확히 알고 백성을 다스릴 의무가 있었습니다. 기독교나 이슬람교 역시 천지창조를 한 하나님, 알라를 '인격체'로 봅니다. 동서양 모두 하늘은 땅과 상대적인 SKY가 아니라 인격을 가진 존재로 인식합니다.

　무언지 명확하지는 않지만, 세상을 만들고 인간을 다스리는 인격을 가진 존재가 '하늘'입니다. 그런 존재가 명령을 내립니다. 하늘인 신이 내리는 명령은 무엇일까요? 하늘이 명령하는 것을 '성(性)'이라고 합니다. 세상을 만든 굉장한 존재가 우리에게, 나에게 명령을 내립니다. 유교에서는 인(仁)이라 부르고 불교에서는 자비(慈悲)며 기독교와 이슬람교는 사랑입니다. 정리하자면 하늘의 명령은 '인'이며 '자비'이며 '사랑'입니다.

　한국에 내려진 특별한 명령은 '홍익인간'입니다. 그렇습니다. 한국인에게 내려진 하늘의 명령은 '널리 인간을 이롭게 하는 일'입니다. 그것을 '성(性)'이라고 합니다. 널리 인간을 이롭게 하는 삶의 방향을 '도(道)'라고 합니다. 그리고 널리 인간을 이롭게 하려는 변함없는 다짐과 습관 그리고 실천을 '교(敎)'라고 합니다.

　운명(運命)은 하늘의 명령을 운용하는 일입니다. 하늘이 한국인에게 명령을 내립니다. 한국인의 운명은 인간을 이롭게 하는 일입니다. 한국인이 세상에 구현해야 할 근본정신입니다. 현재 한국이 지향해야 할 방향은 홍익정신이 담긴 K-Culture입니다.

중용 1장②

하늘의 고독을 닮아라

도(道)라는 것은 잠시라도 떠날 수 없다. 잠시라도 떠날 수 있다면 도(道)가 아니다. 그러므로 군자는 누군가 보지 않더라도 몸가짐을 삼가하고 조심하며, 누군가 듣지 않더라도 몹시 두려워한다. 왜냐하면 은밀하게 숨은 곳이 더 눈에 잘 띄며, 미세한 일이 분명하게 나타나기 때문이다. 따라서 군자는 혼자 있어도 몸가짐이나 언행을 조심한다.

현대는 한 나라가 경제력과 군사력으로 세계를 주도하던 시대를 벗어나고 있습니다. 세계는 팽창경제에서 수축경제로 전환되고 있습니다. 미국은 자국 경제 중심으로 정책을 바꿨고 심각한 미·중 경제충돌을 지속합니다. 일본은 한국에 수출 제재를 합니다. 왜 그럴까요? 자국 경제가 힘드니까 움츠리는 겁니다. 표면적으로는 다양한 명분을 내세우지만 곧 닥쳐올 경제 위기를 남 탓으로 돌리기 위한 정치적인 계략입니다. 한국 때문에 일본 경제가 힘들어졌다고 명분을 만들면 일본 서민들은 한국을 증오할 것이며 일본 정부는 증오심을 애국심으로 전환시킬 수 있습니다. 그렇게 애국심으로 뭉치면 경제적 어려움을 어느 정도 잠재울 수 있기 때문입니다.

세계는 복잡해졌습니다.

1990년도에 구소련이 무너지며 냉전시대가 막을 내렸습니다. 공산진영과 자유진영 간 대립이 끝나고 탈냉전시대로 접어들자 많은 사람들은 이것을 자유진영의 승리로 여겨 전 세계는 바야흐로 자유진영의 유토피아적 세계가 될 것이라 추측했습니다. 그런데, 그런 시대가 왔나요? 오히려 세계는 더 복잡한 양상을 띠고 있습니다. 미국권, EU권, 이슬람권, 힌두권, 유교권, 일본권, 아프리카권, 라틴권, 불교권 등 종교와 경제정책에 따라 세계는 분할되어 전보다 좀 더 치열하고 격렬하게 대립하고 있습니다.

세계는 권역별로 종교와 문화 정체성으로 뭉쳐 움직입니다. 미국은 기독교, 유럽은 천주교와 그리스 정교로, 중동은 이슬람교 중심으로, 인도는 힌두교로, 중국과 베트남은 유교로 각기 자기들의 종교와 문화로 다양성의 가치를 배척합니다.

한국은 어떤가요? 애매한 위치입니다. 기독교 국가도 아니고 천주교 국가도 아니고 이슬람국은 더더욱 아니고 그렇다고 유교 국가라 하기도 불분명합니다. 그렇다면 한국은 정체성이 불분명한 나라인가요? 반만년을 지켜온 세계에서 유래를 찾아보기 힘든 이 나라의 정체성이 불분명하다고요? 아닙니다. 한국은 역동적이고 찬란한 문화를 간직한 나라입니다.

한국은 고독한 나라입니다. 종교적으로 어디에도 속해있지 않기 때문에 고독합니다. 고독이 장점이 되어 세계의 다양성을 포용합니다. 치우치지 않았기 때문입니다. 한국이 기독교 국가였다면 서구 제국주의 국가일 겁니다. 불교 국가였다면 명예를 잃어버렸을 겁니다. 이슬람 국가였다면 지독히 보수적이겠죠. 한국은 어디에도 속해있지 않습니다. 그러므로 세계의 희망이 됩니다. 세계 종교를 포용하는 '인간을 이롭게 하는 정신문화'를 가진 나라입니다. 명확한 장점입니다. 홍익의 K-Culture 확산으로 세계에 희망을 안겨줄 겁니다.

도(道), 즉 홍익의 마음은 잠시라도 떠나서는 안 됩니다. 홍익정신을 필요에 따라 경우에 따라 넣었다 뺐다 할 수 있다면 애초부터 홍익정신은 없는 겁니다. 홍익정신은 하늘이 인간과 함께하는 당위성을 통합합니다. 홍익정신은 내 존재의 의미이며 가치입니다. 한국인의 의미이며 가치입니다.

홍익인간은 내 삶과 동떨어진 어떤 존재가 아니라 나의 삶 모든 것에 내재합니다. 홍익정신은 내가 살아가는 이유이며 살아가는 방법입니다. 홍익정신은 요청에 의해 움직이는 대상이 아니라 자연스럽게 내 몸속에 구현되는 것입니다. 홍익정신을 잊어버린다는 것은 내 삶의 존재 의미를 포기하는 것과 같습니다. 한국인임을 포기하는 일입니다. 홍익정신은 널리 인간을 이롭게 하면 복을 받는다는 믿음의 것이 아닙니다. 내 몸속에 하늘의 마음을 담는 일입니다.

군자는 홍익정신을 실천하는 사람입니다. 고독한 사람입니다. 남이 보지도 않는데도 남이 듣지도 않는데도 자기 자신을 경계하고 두려워하는 사람입니다. 나 홀로 홍익정신을 고독하게 구현하는 사람입니다. 한국은 세계에 홍익정신을 고독하게 실현하는 나라입니다. 하지만 고독은 폐쇄적이지 않습니다. 홍익정신은 누구에게 보이거나 들리지 않는 고독한 실천이지만 더욱 도드라집니다. 숨을수록 드러나며 미세한 것이 잘 보이는 것처럼 말입니다. 그런 사람이 군자입니다. 한국은 군자의 나라입니다.

중용 1장③

하늘의 포용성을 배워라

기쁘고 화나고 슬프고 즐거움이라는 감정이 아직 일어나지 않은 상태를 중(中)이라고 한다. 어떤 상황이 발생하면 감정을 드러내야 하는데 상황에 잘 맞는 감정 처신을 화(和, 어울림)라고 한다. 중(中)은 천하에 가장 큰 근본이고, 화(和, 어울림)는 천하 사람이 달성해야 할 일이다. 따라서 '중화(하늘의 본성을 만물과 어울리도록 하는 일)'를 높은 경지까지 지속하면 하늘과 땅이 바르게 자리 잡고 만물은 잘 자라게 된다.

미래 세계를 널리 이롭게 할 홍익정신을 어떻게 K-Culture로 구현할까요?

드라마 〈대장금〉
2003년~2004년 방영되어
대한민국을 들썩였던 드라마

드라마 〈대장금〉은 2007년에 이란으로 수출되었습니다. 이란 국영 IRIB방송에서 방영했는데 그 당시 90%의 시청률을 기록합니다. 이슬람교라는 종교와 대립하지 않고 이란에서 엄청난 관심을 받은 이유는 어떠한 시련에도 꿋꿋이 이겨내는 한 여성의 의지에 감동했기 때문입니다. 드라마 한 편이 중동이라는 이슬람권에 K-Culture를 확산시키는 시발점이 됩니다.

게임 〈배틀그라운드〉
전 세계 젊은이들의
새로운 축제, e스포츠

온라인 게임을 스포츠로 만든 나라가 있습니다. 바로 한국입니다. 게임이 스포츠라고? 상상도 못할 일을 해냈습니다. e스포츠는 2016년 자카르타 아시안게임에서 시범 종목이 됐고 2024년 파리올림픽에서 정식 종목 채택을 위해 논의 중입니다. 그 중심에 한국이 있습니다. e스포츠의 종주국으로 밀레니엄 세대(1985년~2000년대 초 출생자)의 세계 젊은이들은 한국의 PC방을 경험하기 위해 찾아옵니다. 학업의 방해요소였던 게임이 세계 젊은이들에게는 한국을 경이롭게 지켜보게 만드는 계기가 되었습니다.

〈방탄소년단〉
비틀즈의 부활
2019년 5월 방탄소년단은
미국 '빌보드 뮤직
어워드' 에서
2관왕에 올랐다.

보이그룹 방탄소년단이 유럽, 미국, 라틴, 동남아 등 전 세계 젊은
이에게 희망의 메시지를 전해주고 있습니다. 그들의 노래 가사는 마
약, 섹스, 범죄에 노출된 세계 젊은이에게 삶의 이유를 깨닫게 도와
줍니다. 방탄소년단은 전 세계 십 대 청소년들에게 『데미안』이라는
책을 읽도록 유도했고, 삶의 가치를 깨닫도록 만들었습니다.

그렇습니다. 문화는 종교와 정치와 경제를 포용합니다. 한국의 젊
은이들이 전 세계 젊은이들에게 희망과 용기를 주어 존경받고 있습
니다.

K-Culture는 전 세계에 엄청난 영향을 미치고 있습니다. 잠시 스
쳐 가는 유행이 아니라 한류 문화로 정착합니다. 왜일까요? K-
Culture 이면에는 널리 인간을 이롭게 하려는 한국인의 정체성이
담겨있습니다. 의도하지 않았음에도 K-Culture에는 세계를 이롭게
하는 정신이 담겨있습니다. 누군가를 도와주는 사람은 매력적입니

다. 한국인의 DNA가 그렇습니다. K-Culture는 홍익정신 실현의 수단으로 가치가 충분합니다.

중(中)이란 아직 기쁘고 화나고 슬프고 즐거움이라는 감정이 드러나지 않은 상태입니다. 그 상태는 치우침이 없고 분별과 구분도 없이 모든 가능성을 담고 있는 감정 상태입니다. 성리학에서는 이를 '미발(未發)의 마음'이라고 하는데 우주의 본성적 마음인 '인의예지(仁義禮智)'를 말합니다. 이때 본성의 마음을 수양하는 것을 '함양하다'라고 부릅니다.

조용한 심적 상태에서 어떤 사건이나 사물을 만나면 감정으로 표현됩니다. 아이가 걸음마를 떼면 기쁘고, 아이가 물건을 제멋대로 흩트리면 화가 나고, 아이가 아프면 슬프고, 아이가 웃으면 즐겁습니다. 상갓집에 가면 슬픔을 표현해야 하고 친구네 돌잔치에 가면 기쁨을 표현해야 합니다. 성리학에서는 이를 '이발(已發) 또는 기발의 마음'이라 하는데 이때 감정의 드러남을 '사단칠정(四端七情)'이라 합니다. 사단은 측은지심, 수오지심, 사양지심, 시비지심이라 하고, 칠정은 희노애락애오욕을 말합니다. 이때 감정으로 드러난 마음을 수양하는 것을 '성찰하다'라고 부릅니다.

인간은 이성적이고 논리적인 판단보다 감정의 표현에 좀 더 감동하는 경향이 있습니다. 인간이 인간답게 사는데 제일 중요한 것이 상황마다 적절한 감정을 표현하는 일입니다. 그런 행동을 '화(和, 어울림)' 라고 부릅니다.

중(中)은 인간관계에 가장 기본이 되는 마음으로, 상황에 맞게 감정 표현을 하는 화(和)를 배워 익숙해져야 합니다. 중과 화가 원활하게 되면 인간관계뿐만 아니라 사회관계, 자연관계는 긍정적이 됩니다.

사람을 이롭게 한다고 내 중심으로 판단하면 안 됩니다. 내가 상대방의 마음을 잘 알지 못하기 때문입니다. 섣부른 감정 표현과 원치 않는 사랑은 상대에게 폭력이 될 여지가 있습니다. 유학에서 인(仁)은 베품의 의미가 아닙니다. '서(恕)'의 마음입니다. 서(恕)는 같을 여(如)+마음 심(心)의 합성어입니다. 공감의 감정입니다. 타인과 나의 마음은 같다는 의미로 인(仁)을 이해해야 합니다. 내가 싫은 것은 상대방도 싫어합니다. 내가 청소하기 싫듯 상대의 그러한 마음을 알아 자발적으로 청소하는 마음이 인(仁)입니다.

사랑하지 않음으로 사랑해야 합니다. 상황에 맞춰 감정을 표현하는 게 쉽지는 않습니다. 중화의 높은 경지에 오르면 세상 만물이, 인간이 잘 자란다고 위로해 봅니다. 널리 인간을 이롭게 하려는 중의 마음이 화의 실천으로 잘 발현될 수 있도록 항상 깨어있어야 합니다.

중용 2장

공존의 군자와 범법자 소인

●

공자가 말했다.

"군자는 중용을 따르고 소인은 중용에 어긋나는 행동을 한다. 군자는 군자답게 상황에 맞는 중용을 실현하지만 소인은 상황에 맞지 않게 회피하고 거리낌 없이 행동한다."

5G 기술이 더욱 발달하면 자율주행차가 도로를 장악하고 드론형 에어택시들이 하늘을 차지할 겁니다. 영화 〈아이언맨〉을 보면 허공에 화면을 띄워 입체적으로 조정하는 장면이 종종 등장합니다. 홀로그램 기술개발의 결과물입니다. 하이퍼루프라는 고속철도는 KTX보다 3배 빠릅니다. AI 기술개발, 블록체인도 빼놓을 수 없는 미래 신기술입니다. 긍정적일지 부정적일지 모르겠지만 4차 산업혁명시대는 곧 일상화될 미래의 모습입니다.

유토피아 세상일까, 디스토피아 세상일까 하는 의견은 접어두고, 제가 우려하는 것은 인류의 기술 발전을 가능케 했던 증명하고 분석하는 과학적 방식으로 인간의 본질을 분석하는 점입니다. 현대의 과학적 분석방식이 인간을 고립시키고 있습니다. 내가 분석되는 정도에 비례하여 정체성 혼란을 겪고 있습니다. 단적인 예가 '심리학'의 발전입니다. 인간 유형을 분석하여 규격화합니다. 발전한 정신분석학은 MBTI니 에니어그램이니 하며 인간을 16가지, 9가지 유형으로 구분 짓습니다. 그에 따른 상담학, 상담기법도 개발되어 발전하고 있습니다. 물론 심리학의 발전이 누군가에게는 위안이 되고 치유가 됩니다만 대개의 경우는 그 반대가 많습니다. 전문 상담사도 이론적인 측면보다 경험적 측면을 좀 더 중요하게 여긴다는 점은 시사하는 바가 있습니다. 그들은 '당신은 이러하니 이렇게 하세요' 하는 상담보다 내담자 스스로 문제를 찾는 '코칭 상담'이 좀 더 유용하다고 말합니다. 인간 문제 해결은 논리적 분석이 아니라 감정의 공감, 서(恕)의 실현입니다.

16가지 유형 중에 한가지로 자신을 맞춰버리면 자존감을 포기해야 합니다. 완벽하게 규격화된 인간은 인간이 아닙니다. 기계와 뭐가 다를까요? 16가지 부속품 중에 한가지일 뿐인데 말입니다. '사주명리'는 인간을 약 52만 가지 유형으로 나눕니다. 너무 느슨하게 여겨지나요? 아닙니다. 그만큼 규정하기 불가능하다는 의미를 담고 있습니다. 인간을 9가지나 16가지로 세분화하면 고립된 하나의 기계부품과 다를 바 없습니다. 공부도 마찬가지입니다. 학생을 과학영재니 수학영재니 영어영재니 하면서 계속 나눕니다. 인간을 얼마나 더 나눌 수 있을까요? 쪼갠다는 것은 인간을 구분 짓겠다는 말이며 끼리의 부품 가치를 기준으로 구분, 고립시키겠다는 무의식적 의미를 담게 됩니다.

조선시대만 해도 그림에는 시 또는 감상문이 함께 어울려 있었습니다. 시나 감상문에 타인이 댓글을 달아 주기도 했습니다. 춤과 노래와 그림과 문학은 원래 하나입니다. 음악에는 춤이 따르고 가사가 붙습니다. 음악이라는 장르에는 노래와 춤과 문학이 공존합니다. 현대에는 그림은 그림, 춤은 춤, 노래는 노래, 문학은 문학으로 분류합니다. 무엇이든 나눕니다. 그러다 근래에 '통섭'이라는 용어를 등장시킵니다. 사진과 시를 통섭하여 '디카시' 같은 새로운 장르를 만들어냅니다. 하지만 이런 것들도 분류된 새로운 분야일 뿐입니다. 인간의 본질을 쪼개놓고 심리학으로 인간을 해석합니다. 쪼갠다는 것은 치우친다는 말입니다. 본질을 쪼개어 인간을 치우쳐 본다는 겁니다. 그렇게 본질을 잃어버린 인간은 고립될 수밖에 없습니다.

방탄소년단이 지향하는 K-Culture에는 춤과 노래, 문학이 공존합니다. 공존은 중용의 가치입니다. 그들의 노래는 세계 젊은이에게 희망의 메시지가 되고 춤은 열정을 심어주고 가사(문학)는 자존감을 깨우쳐줍니다. 세계 젊은이들에게 긍정적 성장의 가치를 지향하도록 만듭니다.

스페인이 신대륙을 발견하고 강성해지자 『돈키호테』가, 해가 지지 않는 나라, 영국의 셰익스피어가, 미국이 강력해질 때 『허클베리 핀의 모험』이 세계에 영향을 미치는 문화 요소였습니다. 다시 말해 과거 국가 영향력의 척도를 문학이 기준했다면, 현시대는 춤과 노래와 그림과 문학이 함께 어우러진 음악이 가장 영향력 있는 '문화 기준'이 됐습니다. 이제 음악이 문학을 대신합니다. 문화는 인간을 인간답게 하는 중요한 역할을 합니다. 다시 말해 나뉠 대로 나뉘어진 인간에게 유일한 희망이 남아있다면 인간의 문화를 지키는 일입니다. 그러므로 미래는 기술의 발전 정도가 아니라 '문화브랜드'가 높은 나라가 세계를 지배하게 됩니다.

K-Culture가 전 세계에 엄청난 영향을 미치는 이유는 무엇일까요? K-Culture에는 인간을 이롭게 하는 정신을 담고 있습니다. 인간이 중심입니다. 쪼개진 인간이 아니라 쪼개진 인간을 융합하는 힘을 담고 있습니다. 높은 문화브랜드 가치를 담고 있습니다.

2장에는 군자와 소인이 어떤 사람인지 말합니다.

유학에서는 유학적 덕성과 교양을 겸비한 인격자가 높은 벼슬을 맡아 정치를 했기 때문에 지위가 높고 백성을 사랑하는 사람을 군자라고 정의합니다. 그런데 어느 때부터인지 공부를 잘해서 판사나 의사가 되면 군자가 되고, 공부를 못해 직업이 변변찮으면 소인으로 해석됩니다. 이런 식의 구분이 한국 사회를 계층갈등으로 몰아갔습니다. 계층을 세부적으로 나눈 결과입니다. 학교에서 공부를 잘하면 훌륭한 인성의 소유자고, 공부를 못하면 인격이 낮은 사람이 되고 맙니다. 양반은 군자고 평민은 소인입니다. 화이트칼라는 양반이고 블루칼라는 소인입니다. 판사와 청소부는 동일한 군자로 취급해서는 안 된다는 계급적인 판단 오류에 빠져 버렸습니다.

근대적 신분구별은 산업자본주의와 만나서 '소비의 양'으로 군자와 소인을 구분하기 시작합니다. 벌어들이는 돈보다 얼마나 소비를 자랑하는가에 따라 군자와 소인으로 나눠집니다. 국내 여행보다는 동남아 여행을 가야 하고 동남아 여행보다는 미국이나 유럽으로 여행을 가야 합니다. 같은 직장 내에서는 과장보다 부장이 더 큰 차와 집을 가지고 있어야 합니다. 동네 시장에서 국수 한 그릇을 먹는 외식보다 경치 좋고 운치 있는 고택에서 비싼 한정식을 먹어야 합니다. 비슷한 부류라면 좀 더 알차게 소비를 했다고 자랑할 수 있어야 합니다. 소비량에 따라 행복과 신분이 보장받는다 믿습니다. 타인과 쪼개져서 구분돼야 하기 때문입니다. 타인보다 내가 소비에 자유롭다고 과시해야 군자라고 생각합니다. 잘못된 관습이며 어리석게 고착된 사고입니다. 성리학이 수백 년간 한국 사회를 지배하면서 체면문화가 정착되었고, 체면은 산업자본주의와 결탁하여 같은 일(결혼식, 차량구매, 집 장만 등)이라도 얼마나 화려하고 특별하게 소비하는가에 따라 존경과 관심의 대상이 되었습니다. 물질의 소비량이 행복을 평가하는 시대가 되어 버렸습니다.

군자와 소인은 어떤 사람을 의미할까요? 공자는 군자와 소인을 지배자와 피지배자인 신분이나 부의 정도로 구분하지 않았습니다. 누구나 배우면 군자가 될 수 있다고 말합니다. 공자는 공부를 잘하고 좋은 직장에 다니고 대통령이라고 군자라 하지 않습니다.

군자와 소인의 비교는 동일 집단에서 찾습니다. 국회의원 집단 속에 군자인 국회의원과 소인인 국회의원이 있습니다. 같은 5급 공무원 중에 군자가 있고 소인이 있습니다. 같은 시장 내 상인 중에도 군자가 있고 소인이 있습니다. 평상시에는 군자와 소인을 구별하기가 어렵습니다. 어떤 특정한 상황이 발생해야 구분할 수 있습니다. 어려움 중에서 우리는 군자와 소인을 구분할 기회를 얻을 수 있습니다.

인간의 가치는 삶의 상황성에서 비롯됩니다. 군자는 삶의 상황성에 맞는 행동을 하는 사람이고 소인은 상황에 맞지 않는 행동으로 책임을 회피하고 부끄러워하지 않는 사람입니다. 신중함은 거리감과 여유를 허락합니다. 거리감과 여유는 겸손입니다. 겸손은 인간이 가진 인간다운 강함입니다. 소인은 신중하지 못한 사람입니다. 거리감과 여유가 없으므로 실수를 합니다. 소인은 겸손하지 못합니다.

가장 두려운 것은 리더가 소인인 경우입니다. 지지자들의 대변자라며 상황에 맞지 않는 말과 행동을 하는 정치가로 양심을 부끄러워하지 않는다는 점입니다. 자신보다 약한 사람이라 판단되면 갑질을 일삼는 자가 그렇습니다. 근로자를 매로 다스리고 화로 다스려야 한다고 생각하는 회사 대표자가 그렇습니다. 인터넷에 올라온 뉴스나 사건에 내 생각과 맞지 않는다 하여 무조건적인 비방의 댓글을 달면서 '좋아요'에 매달려 관심받기를 바라는 자들이 그렇습니다. 특히, 공포스러운 것은 자신의 행동이 잘못되었다고 인지하지 못한다는 점입니다. 그들은 강자가 약자를 다스려야 한다고 생각합니다. 자신들은 군자이기에 소인들의 무지를 자각시켜야 한다고 생각합니다. 소인은 그래서 막가파입니다. 부끄러움을 모릅니다.

널리 인간을 이롭게 하는 것이 중심인 홍익하는 인간이야말로 군자의 도리입니다. 널리 인간을 이롭게 하려는 자가 감히 부끄러운 행동을 하겠습니까. 상대방에게 상처를 주는 댓글을 달겠습니까. 양심을 숨기겠습니까. 신중하지 않겠습니까. 떳떳하지 않겠습니까. 널리 인간을 이롭게 하는 정신에서 중용의 가치는 빛날 수 있습니다. 그래서 홍익인간을 군자라고 합니다.

하늘과 인간 그리고 K-Culture

●

공자가 말했다.

"중용은 참으로 더없이 지극하구나! 그런데 모든 사람이 더없이 지극한 중용의 덕을 지속적으로 실천하지 못하며 사는구나."

인간은 본래가 이기적인 존재입니다. 행동과 말은 이기심에서 비롯됩니다. 인간을 태생부터 이기적인 존재라 주장한 동양 철학자는 순자입니다. '성악설'을 주장한 인물로 유명합니다. 그리스 철학자인 플라톤도 우리 마음을 지배하는데 가장 많은 부분을 차지하는 것은 이성보다는 욕망이라고 주장합니다. 그리고 한참 후에 정신분석학자 지그문트 프로이트도 인간의 원초적인 기질은 공격 성향(Id:본능적 충동)이라고 했습니다.

놀라운 점은 약 2400년 전 활동했던 순자의 통찰력입니다. 순자는 정통 유학의 관점에서는 이방인이며 사이비입니다. 그는 거룩한 인격체 하늘을 부정하기 때문입니다. 즉, 삼라만상의 하늘님, 하느님, 하나님, 부처, 알라신을 부정합니다.

"보이지 않는 하늘을 왜 섬기는가? 하늘은 자신이 돌아가는 대로 돌아간다. 땅은 땅의 규칙대로 움직인다. 하늘과 땅과 인간은 각기 다르다. 하늘과 땅을 인간과 연관 두지 마라. 무엇보다 사람이 먼저다."

"하늘은 만물을 만들었지만, 만물을 다스리는 것은 인간이다. 인간이 모든 것을 할 수 있다. 인간은 날 때부터 지성을 가졌으니 하늘의 도움 없이 능동적으로 실천하라. 기우제를 할 것이 아니라 저수지를 파라."

"하늘은 나에게 복이나 화를 내리지 않는다. 하늘은 왕이 폭군이라고 성군이라고 간섭하지 않는다. 인간사를 하늘과 연관 짓지 마라. 천재지변을 해석하려 들지 마라. 그저 부지런히 살아라."

순자는 이렇듯 순수한 인본주의자였습니다. 그는 인간의 본성과 인성을 이야기합니다.

"인간의 본성이란 태어나면서부터 감각적 욕망을 가지고 있기 때문에 이익을 추구하기 마련이다. 그런 본성을 그대로 따르면 쟁탈이 생긴다. 음란하게 되고 예의와 규범이 없어진다. 사랑하는 마음이 사라진다. 인간은 질투와 증오의 마음을 가지고 태어난다. 당연하다. 단지, 타고난 본성을 그대로 따르면 남을 해치게 되고 성실과 믿음이 없어진다. 결국 사회질서가 무너져 천하가 혼란에 빠진다."

순자는 인간의 본성이 선하지 않기 때문에 예와 법과 제도가 필요하다고 했습니다.

"악한 본성을 안정적으로 작동시키기 위해서는 단단한 교육이 필요하다. 그러므로 학문이란 중지할 수 없는 것이다. 끊임없이 배워야 한다."

"인간은 지성을 갖추었기 때문에 교화될 수 있다. 공자나 맹자처럼 '내가 덕이 부족해서 하늘이 자신을 도와주지 않는다.' 가 아니라 치인(治人)으로써 개인의 수양보다 제도의 합리성과 사회적 정의에 더 큰 비중을 두어야 한다."

위 주장은 서구의 실존주의 철학을 비판했던 구조주의 철학과 유사해 보입니다.

"군자와 소인은 날 때부터 다른 게 아니다. 학문을 어떻게 빌렸는가에 따라 달라진다. 소인이 욕심이 많고 이기적이라고 하는데 인간이므로 당연하다. 단지 물질에만 구애받지 마라. 욕망을 추구해라. 소인도 학문을 하면 훌륭한 군자가 될 수 있다."

"군자에게는 도리가 있다. 인간은 악하게 태어났으니 꾸준히 많이 배우고 배워서 악한 감정을 억눌러야 한다."

아울러 순자는 음악을 격려합니다.

"음악이 즐겁고 감동적이듯 사람을 감화시키는 속도는 음악이 굉장히 빠르다. 예(禮)도 즐겁고 감동적이어야만 즐겁고 감동적인 비전을 보여주지 않겠는가."

맹자도 '여민동락(與民同樂)'이라고 음악을 중요하게 여겼습니다.

"음악이 조화롭고 평화로우면 백성이 화락하고 진탕하지 않으며 음악이 엄숙하고 장중하면 백성이 정직하여 어지럽지 않다."

음악도 욕망인데 무언가에 구애받지 않고 균형 있으면 효과적이라는 말입니다. 음악이란 천하를 평안하고 화복하게 하는 것이며 인간 정서에 없어서는 안 된다며 고대 중국 사상가들은 말했습니다. 이때 음악은 보는 것과 듣는 것 그리고 함께 하는 것을 포함하고 있습니다. 단순히 듣는 것만을 뜻하지 않습니다. K-Culture에는 음악이 있고 춤이 있으며 문학이 존재합니다. 인간 감성을 감화시키는 데 음악만 한 것이 없습니다. K-Culture가 세계 젊은 세대를 긍정적으로 감화시키고 있음을 부인할 수 없습니다.

사람은 태어나면서부터 욕망을 가지고 있습니다. 욕망이 충족되지 못하면 충족하려 들 것입니다. 욕망을 충족함에 있어 일정한 제한이 없으면 싸움이 일어나게 됩니다. 반면에 욕망이 없으면 공부도 안 하게 되고 무언가 하려고 들지 않을 겁니다. 그러므로 인간의 본성을 균형 있게 충족시키는 것이 중요합니다.

"사람의 욕구를 기르고 그 욕구를 충족시키되 욕망이 반드시 물질적인 것에 한정하거나 사물의 욕망을 위해서만 존재하는 일이 없도록 함으로써 양자가 균형 있게 발전하도록 해야 한다. 그것이 예(禮)

의 기원이다. 그러므로 예는 기르는 것이다."

순자는 과거 역사적 사실에 입각하여 욕망의 제한과 자유를 적절히 활용해야 한다고 주장합니다. 과거 역사를 토대로 욕망이 통제되지 않았을 때는 나라가 무너졌고 욕망이 통제되면 삶이 평안했었다는 역사적 사실을 교육해야 한다고 했습니다. 순자에게 군자는 꾸준히 배우고 배워서 악한 감정의 억누름이 가능한 사람입니다.

순자보다 약 2300년 후에 태어난 프로이트는 인간 본성에 대해 철학합니다. 프로이트는 인간 본성을 무의식 속에 공격적 충동이라 표현하고 이드(id)라 합니다. 그리고 이드(id)를 감시하고 억압하는 것을 초자아(super ego)라고 정의합니다. 내 자아(ego)는 이드의 본능적 충동과 초자아의 억압에 대항하는 저항을 통해 형성된다고 주장했습니다. 동양 관점에서 인간의 기본적 본능은 오욕입니다. 수면욕, 식욕, 명예욕, 소유욕, 성욕이 그것인데 프로이트는 성욕을 중점으로 인간을 해석합니다. 이드를 오욕에 대한 충동에너지라 하면 초자아는 사회 관습과 양육방식, 교육이라고 정의할 수 있습니다.

인간의 원초적 공격성향으로 문명사회는 끊임없이 위협받아 지속적으로 붕괴 위기를 맞습니다. 인간은 이런 위기를 벗어나려 문명을 보존하기 위해 공격성향을 억제하려고 노력합니다. 이와 같은 공격본능을 와해시키는 과정을 '승화'라고 합니다. 예를 들면 전쟁과 전

투와 같은 공격본능을 축구나 럭비 같은 스포츠로 해소하는 방법을 말합니다. 하지만 정신분석학은 인간을 쪼개놓고 해석하는 데 급급합니다. 쪼개놓고 해석하니 본질을 잃어버립니다.

서구적 관점은 인간을 쪼개어 분석하기 때문에 한국인의 타고난 본성과 맞지 않습니다. 통합적 기질을 지닌 인간을 어떻게 쪼개서 판단할 수 있습니까? 쪼개진 인간으로 나를 바라보니 자존감이 무너지는 겁니다. 전체적인 기질에서 세부적인 어느 한 면의 부족함이 부각되면서 전체 자존감을 무너뜨리고 있습니다. 그런 후에 자존감을 찾아야 한다고 합니다. 병 주고 약 주는 격입니다. 우리는 동양인입니다. 반만년의 정체성은 개인 중심의 서구적 쪼개짐에서 분석될 수 없습니다. 먼저 집단중심적 관점에서 살펴봐야 합니다. 그런 후에 개인을 살펴야 합니다. 한국의 집 주소는 어떻게 나열되어 있나요? 대한민국 서울특별시 종로구 ○○로 ○○길 ○○○으로 나열합니다. 반면에 서구권에서는 ○○○ ○○길 ○○로 종로구 서울특별시 대한민국으로 한국과 반대 방향으로 기재합니다. 주소의 나열 차이가 주는 의미는 무엇일까요? 한국은 전체를 보고 세밀히 내려가는 구조라면 서구는 세밀한 것에서 전체로 확대되는 구조입니다. 즉, 한국은 전체적인 관점에서 점점 개인에 집중하는 구조라면 서구는 개인 중심에서 주변으로 넓어집니다. 전체적인 관점에서 나를 봐야 하는데 서구적인 관점에서 나를 보려고 하니 사고에 혼란이 발생하는 겁니다. 한국인은 집단중심적 관점에서 살펴봐야 합니다. 통합적 인간에서 시작하여 개별적 인간으로 봐야 한다는 의미입니다. 인간의 본질에서 쪼개진 나를 살펴야 하는데 이미 쪼개진 인간으로서 나를 살펴보니 혼란한 겁니다.

공자가 "중용은 참으로 지극하구나!"라고 찬미한 것은 예사로운 찬탄이 아닙니다. 쪼개어져서 공격적이고 자기중심적인 인간이 중용의 덕을 만나 인간의 본성을 균형 있게 충족시키는 중요한 역할을 한다는 점에 놀라워하는 겁니다. 중용의 덕 즉, 널리 인간을 이롭게 하고자 하는 마음으로 공격적이고 이기심 많은 인간의 본성을 중화시키는 역할에 대해 찬미하는 겁니다. 중용의 정신은 홍익정신과 유사합니다.

홍익정신이 어쩌다 실현하고 실천하는 거라면 의미가 없습니다. 지속성이 중요합니다. 지속하지 못하면 중용이 아닙니다. 공자는 지속하기 어려운 인간의 마음을 비유로 말합니다.

"그대는 항상 데리고 잘 수 있는 예쁜 여자가 바로 옆에 있는 데 삼 개월 동안 색(色)을 멀리할 수 있겠는가? 오후불식(다이어트 다짐)을 삼 개월이라도 실천해 봤는가?"

삼 개월만 철저히 실현하고 실천하면 그 이후로는 잘 굴러간다고 공자는 말합니다. 머리로만 진리를 추구하지 말고 구체적인 삶 속에서 지속적인 추구를 당부하는 말입니다. 홍익정신도 순간순간 내키는 때만 실천하고 실현하는 게 아니라 지속성을 가지고 실천하고 실현해야 그 의미가 있습니다.

K-Culture의 홍익인간, 팬데믹을 이겨내다

중용 4장

과유불급, 지나침과 모자람

●

공자가 말했다.

"나는 도(道)가 왜 제대로 행해지지 않는지 알고 있다. 지혜롭다 하는 자는 앎이 지나쳐서 더 이상 행할 게 없다고 하며, 어리석은 사람은 앎이 미흡하여 뭘 해야 할지 모르기 때문이다. 나는 도(道)가 왜 세상을 밝게 만들지 못하는지 알고 있다. 지혜로운 자는 행함에 지나쳐서 더 이상 도를 알 필요가 없다고 하고, 어리석은 자는 어떻게 행동해야 하는지 모르기 때문이다. 사람이라면 누구나 마시고 먹는다. 그러나 그 맛을 제대로 알고 먹는 사람은 드물다."

4장은 『중용』의 꽃입니다.

중용의 핵심이 담겨있습니다. 누구나 익히 들어본 적이 있는 '과유불급(過猶不及)' 즉, 지나침은 모자람보다 못하다는 메시지가 담겨있습니다.

동양의 중용과 서양의 중용의 차이점을 간략하게 짚고 넘어가겠습니다. 우리가 일반적으로 '중간만 가면 된다, 나서지도 말고 뒤처지지도 말고 딱 중간만 하면 된다' 의 중간이 바로 서양의 중용입니다. 아리스토텔레스의 중용입니다. 아리스토텔레스는 어느 날 아들인 니코마코스에게 자신의 사상을 남깁니다. 그 책이 『니코마코스 윤리학』입니다. 그 책은 "아들아 행복이란 ～"에서 시작하여 "양쪽 끝으로 가지 마라. 용기 있게도 비겁하게도 하지 마라. 중간에서 놀아라." 하고 마무리합니다. 무슨 일이 생기면 절대로 튀지 말라고 격언을 남깁니다.

반면에 동양의 중용은 '지나치면 모자람만 못하다' 입니다. 너무나 지혜로워서 너무나 현명하여 실천보다는 정신을 앞세우고 분수에 넘치게 행동하면 모자라는 것만 못하다는 이야기입니다.

얼핏 둘은 비슷해 보이지만 기준이 전혀 다릅니다. 서양의 중용은 처음부터 하지 말라는 것이고, 동양의 중용은 넘치게도 모자라게도 하지 말라고 합니다. 서양의 중용은 수동적이지만 동양의 중용은 능동적입니다.

우리가 어느 순간 선택을 해야 할 때 눈치를 보고 중간에 있으라고 서양의 중용은 말합니다. 내 생각을 표출하지 말라는 이야기입니다. 그에 반해 동양의 중용은 먼저 선택을 한 후에 자신의 선택이 과한 것은 아닌지 돌아보기를 주문합니다. 먼저 선택을 해야 상대방의 주장이 들립니다. 생각이 작동하는 체계가 발동합니다. 동양의 중용은

K-Culture의 홍익인간, 팬데믹을 이겨내다

이렇게 놀라운 의미를 담고 있습니다.

　중용 4장의 의미를 생각해 봅니다.

　중용은 왜 사람들이 널리 이롭게 하는 삶(道)을 실천하지 않는지 설명합니다.

　지혜롭다는 자는 널리 인간을 이롭게 하고자 하는 삶을 실천함이 무엇인지 그 의미를 이해했다고 머릿속으로만 넘겨짚고는 거대한 그 무엇, 관념으로 만들어 버립니다. 실천보다는 이상화시켜 버립니다. 유교의 본래 정신, 기독교의 본래 정신, 불교의 본래 정신보다 제사의 순서와 규칙, 십일조의 생활화, 무속화 기복화시켜 버립니다. 유교의 체면, 기독교의 율법화, 불교의 수행에 매달리게 합니다. 인의 실천, 사랑의 실천, 자비의 실천보다 제도와 규칙이 우선 됩니다.

　어리석은 사람은 내가 중요합니다. 내 행복과 내 삶, 내 가족이 먼저인 사람은 결코 남의 행복, 남의 삶, 남의 가족을 돌아보지 않습니다. 그에게 널리 인간을 이롭게 하라는 말은 사이비 종교가 떠드는 무의미한 대답일 뿐입니다.

　널리 인간을 이롭게 하라는 메시지는 왜 세상에 확산되어 밝게 빛나지 않는지 중용은 설명합니다. 그것은 널리 인간을 이롭게 하고자 마음먹은 사람이 실천에 있어 분수에 넘치게 한다는 겁니다.

자신의 생활고에도 불구하고 타인을 도우니 희생적인 사람이라 칭찬은 받을지언정 그 삶에 공감되지 않습니다. 오히려 비아냥대는 사람도 있을 겁니다. 그리고 당연한 이야기지만 널리 인간을 이롭게 하는 삶을 실천하는 사람을 보고도 관심 없는 사람은 아예 생각조차 없습니다.

중용은 말합니다.

널리 인간을 이롭게 하는 일은 너무 지혜로워도 너무 현명해도 안된다. 너무 어리석어도 너무 무관심해도 안 된다고 말입니다. 어느 한쪽으로 치우치지 않는 정신이 필요하다고 합니다. 그리고 치우치지 않기 위해서는 '제대로 된 맛을 알아야 한다.' 고 주문합니다. 매일 먹고 마시는 공기나 물처럼 도(道)는 우리와 항상 같이 있는데 생활 속에 스며있는 도를 제대로 이해하지 못하고 있음에 대한 공자의 안타까움입니다.

그렇다면 중용에서 '맛' 은 어떤 의미일까요?

박지원의 『열하일기』에서 그 맛의 의미를 살펴보겠습니다. 연암 박지원은 1780년, 40대 중반의 나이에 청나라 강희제의 70세 생일을 맞이하는 축하사절단에 끼여 떠나게 됩니다. 5월에 출발하여 10월에 돌아오는 6개월에 걸친 대장정을 기록한 책이 바로 『열하일기』

입니다. 부도 명예도 없는 백수로 살다가 중원대륙을 유람하게 되었으니 얼마나 설레고 또 담고 싶은 이야기가 많겠습니까. 요즘이야 가는 길 내내 사진을 찍고 SNS에 글을 남기면 되지만 그 당시 박지원은 본 것과 경험한 것, 생각한 것 무엇 하나 놓칠세라 세심한 관찰과 기억력을 바탕으로 기행문을 작성합니다.

한양을 출발한 지 사십오일 정도 지난 1780년 7월 8일. 박지원은 냉정이라는 지역에서 아침을 먹고 4km 정도의 산모퉁이를 돌아설 때 눈앞에 하늘과 땅이 맞닿은 지평선을 보게 됩니다. 조선에서는 전혀 볼 수 없었던 자연의 거대한 경관을 처음 경험하게 된 겁니다. 그 엄청난 장관을 보던 박지원은 혼잣말을 합니다.

"나는 오늘에야 알았다. 인생이란 본래 어디에도 의탁할 곳이 없다는 것을. 단지 하늘을 머리에 이고 땅을 밟은 채 떠도는 존재일 뿐이구나. 여기가 과연 훌륭한 울음터로구나. 크게 한번 통곡할 곳이구나!"

박지원의 혼잣말을 들은 사람이 왜 갑자기 통곡을 생각하는지 물어봅니다.

"예전에 영웅은 울기를 잘했고 천하의 미인은 눈물이 많았네. 하지만 그들은 몇 줄기 소리 없는 눈물을 옷깃에 떨굴 정도였기에 그들의 울음소리가 천지에 가득 차서 쇠나 돌에서 나오는 듯했다는 말을 들어본 적이 없다네. 사람은 칠정(희노애락애오욕) 가운데서 오직 슬플 때만 우는 줄로 알뿐, 칠정 모두가 울음을 자아낸다는 것은 모른다네. 사람은 기쁨에 사무쳐 울고, 노여움에 사무쳐 울고, 즐거움에 사무쳐 울고, 사랑함에 사무쳐 울고, 욕심이 사무쳐 울 게 되네. 울음은 천지 간에 우레와도 같은 것일세. 지극한 정(마음의 본성)이 발현되어 나오는 것이 저절로 이치에 딱 맞는다면 울음이나 웃음이나 무엇이 다르겠는가."

박지원은 인간의 일곱 가지 감정 모두가 울음을 자아낼 수 있다고 하면서 마음의 본성에서 우러나오는 감정이 현재 상황과 딱 맞는다면 그것이 중용이며, 가장 적절한 맛이라고 말합니다. 바로 중용에서 말하는 참 맛입니다.

박지원은 보충하여 그 맛을 갓난아이의 울음에 빗대어 설명합니다.

"갓난아이가 태어났을 때 왜 우는지 아는가? 다른 이들은 이렇게 말하지. 삶이란 성인이든 무지한 백성이든 누구나 죽게 마련이고, 또 살아가는 동안에도 온갖 근심 걱정을 모두 겪어야 하므로 세상에 태어난 것을 후회하여 먼저 스스로 울음을 터뜨려서 자기 자신을 조문하는 것이라고. 하지만 갓난아이의 감정은 그런 것이 아니야. 어머니 뱃속에 있을 때는 캄캄하고 막혀서 갑갑하게 지내다가, 갑자기 탁 트이고 훤한 곳으로 나와서 손도 펴 보고 발도 펴 보니 마음이 참으로 시원했겠지. 어찌 시원한 소리를 내어 자기 마음을 크게 펼치지 않을 수 있겠는가. 그러니 우리는 저 갓난아이의 꾸밈없는 소리를 본받아서 비로봉 꼭대기에 올라가 동해를 바라보면서 한바탕 울어볼 만하고 장연(황해도의 마을 이름)의 금모래밭을 거닐면서 한바탕 울어볼 만하네."

갓난아이가 우는 것은 슬퍼서 우는 게 아니고 두려워서 우는 게 아니라 갑갑한 엄마 뱃속에서 넓은 세상으로 나와 사지를 마음껏 펴게 되자 그 감동과 환희를 울음으로 표현한 것이라고 박지원은 말합니다. 박지원의 생각에서 짜릿한 맛이 느껴지지 않습니까?

중용은 본성의 마음인 이성과 감정의 융합으로 짜릿한 심미적 경지를 경험하는 것을 맛이라고 합니다.

인간의 일곱 가지 감정 속에서 울음이 있듯이 오감 중에도 맛이 존재합니다. 시각에도 맛이 있고 청각에도 맛이 있고 후각에도 맛이 있고 촉각에도 맛이 있습니다. 밥을 맛있게 먹는 것도 똥을 싸는 것도 맛입니다. 맛은 단순한 감성만을 뜻하는 게 아닙니다. 맛은 감성을 매개로 하여 이성과 결합할 때 최상의 맛을 경험하게 만듭니다.

계란이 들어간 라면, 대게와 전복이 담긴 라면 등 내게는 이성의 라면이 있습니다. 아버지가 끓여준 라면, 엄마가 국물 조절에 실패하여 불어버린 라면, 뜨거운 여름 해변에서 가족과 함께 먹던 라면, 힘겹게 산 정상에 올라 호호 불며 먹던 라면, 군대시절 추운 야간 근무를 마치고 들어왔을 때 군대 선임이 먹으라고 끓여준 라면 등 나만의 경험과 감성의 라면이 있습니다. 라면이 그냥 이성의 라면일 때는 식량의 의미밖에 안되지만, 경험과 감성이 매개가 된 라면은 그냥 한 끼 식량 그 이상의 의미가 함축됩니다.

아버지가 엄마가 선임이 끓여준 라면은 그냥 라면이 아닙니다. 따뜻한 정이 담겨있는 라면으로 맛의 본질을 이해하는 것이 바로 중용입니다. 그게 정말 '맛' 있는 라면입니다. 삶의 소소한 행복을 담은 라면입니다. 아름다운 추억이 기록된 라면입니다. 그 맛 덕에 살아갈 용기를 얻습니다.

본성의 맛을 아는 게 중용입니다. 행복이 담겨있습니다. 틀에 박힌 규칙과 규범, 교육 때문에 그 맛을 제대로 아는 사람이 없다고 중용은 아쉬워합니다. 인간의 본성대로 욕망대로 사는 맛, 그것이 바로 인간의 가치입니다. 음악이 가장 인간다운 가치입니다. 널리 인간을 이롭게 하는 K-Culture의 그 맛을 한번 즐겨봅시다!

하늘은 현재, 지금을 희망한다

●

공자가 말했다.

"아, 진실로 널리 인간을 이롭게 하는 도(道)가 행해지지 않는구나!"

공자는 도가 행하여지지 않는 현재의 모습을 탄식합니다.

탄식은 현재에 대한 걱정입니다. 현실에 대한 걱정이지 내세에 대한 공포가 아닙니다. 널리 인간을 이롭게 하는 삶은 천국에 가기 위해 천당에 가기 위해 해탈하기 위함이 아닙니다. 현재에 가치를 두는 삶입니다.

니체는 '신은 죽었다'고 주장했습니다.

기독교를 믿는 사람이나 아닌 사람이나 신이 죽었다고 단정한 그의 이단적인 발언에만 집중할 뿐 그가 전달하고자 하는 의미를 무시하는 경향이 있습니다. 니체가 말한 '죽은 신'은 교회(또는 고정관념이된 규범, 윤리 등)의 부조리를 뜻합니다. '인간은 죄를 지어야 기도하고, 고통을 주어야 구원을 소망한다. 현재 삶이 지옥이어야 천국을 기원한다.' 며 인간을 현혹하는 기독교가 바로 허무주의의 진원지라고 단언합니다. 그는 우리 삶의 가치는 '지금, 여기'의 이성과 진리이지 다가올 죽음인 '미래'를 설교하는 자들의 가치가 아니라는 메시지를 전합니다.

사랑을 베풀고 어짐(仁)을 베풀고 자비로 구원받고 해탈하고 복 받는 것에 가치를 두는 삶은 의미가 없습니다. 죽음의 공포를 인질 삼아 내세의 공포를 트집 잡는 신은 선이 아니라 악입니다. 빛으로 와서 악의 복음을 전달하는 일입니다. 나의 가치는 신의 책임이 아니라 지금 내가 살고 있는 여기 세계에 있습니다. 현세에 충실하는 삶이 인간의 가치입니다. 니체의 말처럼 신을 죽여야 진실한 종교를 밝혀 볼 수 있습니다.

공자의 유학은 내세를 부정합니다.

『논어』「선진」편에 공자의 제자가 귀신에 대해 물어보는 장면이 등장합니다. 공자는 "내가 삶도 모르는데 어찌 죽음을 알겠는가?"라고 답변합니다. 현재 삶이 중요하지 죽음 후의 삶은 무의미하다는 말입니다. 공자는 현실주의자입니다. 현재 삶을 꿰뚫어 보지 못하는 우리를 향해 공자는 탄식합니다.

인간은 관계에서 행복을 찾을 수 있습니다. 공동체 안에서 타인과 관계를 맺는 중에야 비로소 행복을 찾을 수 있습니다. 내 존재는 타인의 눈에 보여야 증명되기 때문입니다. 신의 눈으로는 내 존재를 증명할 수 없습니다. 내가 관계를 맺고 있는 것은 인간이지 신이 아닙니다.

서양 철학자 사르트르는 자기 개성을 실현하기 위해 끊임없이 차별화를 시도하지만, 개인은 공동체로부터 벗어나 자신만의 삶을 살 수 없다고 했습니다. 웹툰을 좋아하는 저는 〈타인은 지옥이다〉라는 작품에 인상을 받았는데 '타인은 지옥이다' 라는 말을 처음 한 사람이 사르트르입니다.

"세상에 던져져 자유롭도록 선고받은 인간임에도 타인과의 교류를 통해 실존할 수 있고, 그 과정에서 끊임없이 타인의 시선에 신경을 써야 하는 지옥에 살고 있다."

인간은 관계를 맺어야만 존재 가치를 인정받지만, 그 이유로 관계의 지옥 속에서 살아야 하는 상대적인 측면 모두를 지닐 수밖에 없는 복잡성을 의미합니다.

근래에 〈타인은 지옥이다〉는 웹툰이 드라마로 방영됐습니다. 이 드라마는 타인에 대한 무관심과 소통 부재로 파편화된 현대인의 모습을 잘 드러내고 있는데요. 타인이 나에게 지옥이 될 수 있고, 나 역시 타인에게 지옥이 될 수 있다는 관계의 복잡성을 표현하고 있습니다. 하지만 내 자유와 행복은 타인과 관계를 통해서만 실현 가능합니다. 인간은 긍정적이든 부정적이든 집단 관계를 벗어날 수 없기 때문입니다.

자유와 행복은 자기자존감 회복만으론 불가능합니다. 내 자존감 회복은 집단의 자존감 회복과 동시에 발생해야 합니다. 타인과 관계하고 있는 현재는 과학과 기술로 풍요로운 시대입니다. 그런데 기술의 변화만큼 내 삶도 자유롭게 발달했나요? 내가 원하는 삶을 살고 있나요? 부정적입니다. 과학이 발달할수록 자유를 빼앗기고 있습니다. 발전과 퇴보라는 모순된 삶 중에 있습니다. 인간 본성을 잃어버리고 있습니다.

현대인들이 가장 많이 느끼는 감정은 무력감입니다. 내 의지와 상관없이 사회는 정해진 대로 굴러가기 마련이라는 의식의 감정입니다. 거대한 세계의 움직임에 내가 할 수 있는 게 없다는 무력감입니다. 그래서 현대인들은 문화 상품을 소비함으로써 행복을 채우려고 합니다. 오락과 향유를 즐기며 SNS에 내 존재를 과시하려 듭니다. 욜로니 소확행이니 하는 말로 자신을 속이고 있습니다. 자기자존감 회복을 먼저 해야 행복할 수 있다고 현혹합니다. 개인은 홀로 회복할 능력이 없음을 직시해야 합니다.

SNS에 존재하는 타인은 나의 목적달성을 위한 수단에 불과합니다. 사랑하는 사람은 사랑받고 싶어합니다. 타인에게 간섭을 받지 않고서는 결코 사람을 사랑할 수 없습니다. 그것이 자유와 사랑의 조건입니다. 현대인은 타인의 시선을 통해 나를 발견하고자 하는 의지가 약합니다. 개인주의니, 자기 자존감이라는 말로 상황을 회피합니다. 현대인은 타인과 관계에 피로를 느끼고 있습니다. 무기력한 현실로부터 도피하려는 마음이 강하기 때문입니다. 내 중심으로 관계를 보기보다 전체에서 나를 봐야 합니다. 인간관계에서 자유와 행복을 찾아야 합니다. 타인을 먼저 이해할 줄 알아야 합니다. 널리 인간을 이롭게 하려는 자세가 선행돼야 합니다. 홍익정신이 그 가치입니다.

인간을 정면으로 바라봐야 합니다. 신이 신성한 것이 아니라 인간이 신성한 존재입니다. 신과 과학이라는 존재에 집중하기보다 인간에게 집중해야 합니다. 나를 정면으로 바라보며 나를 격려하고 나를 발전시켜야 합니다. 식당에 함께 온 연인이 휴대폰을 통해 상대방과 대화합니다. 휴대폰이 신이 되었습니다. 현실의 두려움을 휴대폰이라는 신을 통해 위로받기를 바라고 있습니다. 신과 인간 사이에 예수님은 사라지고 휴대폰이라는 새로운 신의 아들이 등장했습니다. 휴대폰을 통해서야 구원을 노래하고 자유를 간증합니다. 사랑은 휴대폰에서 나오는 게 아닙니다. 서로 눈을 마주보고 간섭하고 간섭받는 중에야 비로소 사랑이 생깁니다. 그게 인간입니다. 우리는 인간을 정면으로 바라보는 철학을 재건해야 합니다. 널리 인간을 이롭게 하는 삶이 제대로 발현되지 않음을 개탄합니다.

인간은 자기 생명을 우선하는 정욕이 가득한 만큼 도덕성 또한 강렬합니다. 나의 생명 가치는 도덕의 실천에 있습니다. 인간이 살아간다는 것은 생명에 대한 겸손을 체득하는 일입니다. 생명에 대한 겸손에서 인간을 이롭게 하는 홍익정신이 비롯됩니다. 아무리 과학기술과 기계문명에 인간이 매몰된다고 할지라도 생명에 대한 겸손의 철학이 무너지지 않는다면 인간의 가치는 지켜질 겁니다.

널리 인간을 이롭게 하라는 하늘의 명령을 시작으로 1장을 열었습니다. 2장은 인간을 이롭게 하는 삶도 상황에 맞아야 한다고 했습니다. 3장은 지속하지 못하는 인간의 나약함을 지적하며, 4장에는 왜 인간을 이롭게 하려고 들지 않는지에 대해 설명합니다. 그리고 끝으로 5장에서는 널리 인간을 이롭게 하는 삶이 제대로 발현되지 않는 이 시대를 개탄하며 지금, 여기를 똑바로 직시하라고 명령합니다.

인간 본성인 음악을 중심으로 하는 K-Culture가 미래의 희망입니다. 생명에 대한 겸손을 담는 문화브랜드는 홍익정신이며 한국인의 정체성을 대변합니다. 그렇다면 세계의 문화브랜드 한국인의 정신은 무엇이며 실천과 가치는 무엇일까요?

중용은 말합니다.
널리 인간을 이롭게 하는 일은
너무 지혜로워도 너무 현명도 안 된다.
너무 어리석어도
너무 무관심해도 안 된다.

인간을 이롭게 하는 일은
자기희생을 요구합니다.
자기희생은 사회 편견과 맞설 용기가 필요합니다.
올바른 앎과 현명한 용기를 잊지 말아야 합니다.
자기희생은 인정욕구에서 벗어나기를 원합니다.

"세상 인간을 이롭게 하라."

정말로 용기가 필요한 일입니다.
용기를 실천하는 한국인은 그래서 강합니다.

弘益人間

홍익정신, 자기희생의 용기를 실현하라

2부

중용 6장 ~ 11장

중용 6장

인간 중심을 타고난 한국인

●

공자가 말했다.

"순임금은 굉장히 지혜로운 사람이구나! 그는 다른 사람에게 묻기를 좋아했고, 다른 사람에게 설명할 때는 주위에서 흔히 보고 듣는 것으로 알기 쉽게 이해시켰다. 또한, 타인의 나쁜 점은 덮어주고 좋은 점은 잘 드러내 주었다. 순임금은 무언가 결정해야 할 상황이 생기면 반드시 양극단을 모두 고려했는데 그것이 중(中)의 자세다. 그런 점 때문에 그가 순(舜)임금이 된 것이다."

외부적으로 드러나는 현재 한국인의 사상은 세 가지입니다. 첫 번째가 기성세대에 익숙한 성리학 관점의 유학, 두 번째가 아직도 청산되지 않는 일제강점기 친일적 사고, 마지막으로 젊은 세대에 익숙한 산업자본주의 사상입니다. 가만히 살펴보면 본래 한국인의 정신이라고 할 것이 없습니다. 부끄럽게도 모두 외래종(?)입니다. 반만년 한국인의 정체성을 어디서 찾을 수 있을까요?

중국인의 정체성은 공자사상과 노장사상으로 함축합니다만, 현재 중국 공산당은 노장사상보다는 공자사상을 선택하여 집중 육성하고 있습니다. 유학이 강조하는 '충'은 집단적 애국심을 불러일으키는 데 가치가 분명하기 때문입니다. 그런데 중국 역사를 살펴보면 유학의 맥이 끊인 경우가 상당합니다. 중국을 최초로 통일시킨 진나라의 정치사상은 법입니다. 공맹유학(공자·맹자유학)이 처음 위기를 맞은 것은 진시황의 '분서갱유' 사건입니다. 중국이 수백 년 동안 혼란했던 이유는 쓸모없는 사상과 학자들 때문이라며 수백 명의 대학자를 산 채로 매장하고 의학서와 농사법에 관한 책을 제외한 나머지 서적 모두를 불태워 버립니다. 법을 제외한 사상을 삭제한 사건입니다. 정통 유학은 무너집니다. 다행히(?) 15년 만에 진나라가 멸망하고 한나라가 통일합니다. 하지만 학문에 뜻을 둔 사람에게 참고할 도서도 없고 스승도 없습니다. 누군가의 기억과 정보를 모아 자신의 생각을 보태어 학문의 체제를 새로 만듭니다만 통일 진나라 이전 중국의 전통유학이 얼마만큼 온전히 유지되었을까 생각해 보면 다소 부정적일 수밖에 없습니다. 예를 들면 한나라 때 사마천의 스승인 동중서라는 학자가 '남존여비사상'을 만드는데 원래 유학에는 없던 내용입니다.

그리고 한족이 중국을 다스린 기간보다 실제로 오랑캐족이 중국을 다스린 기간이 더 깁니다. 한나라 이후로 수나라, 당나라의 오랑캐족이 한족을 다스립니다. 한족 중심의 송나라가 잠시 이어지지만 이내 금나라의 침범으로 북쪽 영토를 빼앗기고 남송시대로 접어듭니다. 이때 주희라는 사람이 등장하여 군사력은 약하지만 한족은 우수한 정신문화가 있다고 중국 정체성 찾기 운동을 펼치게 됩니다. 그가 공부 끝에 만든 학문이 '주자학' 이며 '성리학' 입니다. 주자학은 공맹학을 재해석한 것으로 실제 원시유학과 결이 완전히 다릅니다. 아무튼 억지로나마 중국인의 정체성을 되찾는가 싶었는데 몽골족이 원나라를 세워버립니다. 다시 명나라가 자리를 잡는가 싶더니 오랑캐인 청나라가 중국을 다스립니다. 결정적으로 공산당이 중국을 다스리는 100년 동안 유학을 박살 내버립니다. 제2의 분서갱유 사건이 발생한 것입니다. 문화대혁명 때는 공자묘를 다 파괴해버렸습니다. 이런 상황에서 중국 전통이라는 유학이 순수하게 유지될 수 있었을까요?

『사기열전』의 백이숙제가 고사리를 뜯어 먹다 끝내 굶어 죽은 산이 수양산인데 중국 내에 수양산은 6개가 있습니다. 한국과 수교하면서 한국이 유학으로 공자를 치켜세우자 부랴부랴 공자묘를 만들었습니다. 문헌상 공자 무덤은 기산입니다. 그런데 공자 무덤이 있다는 기산이 어딘지 모릅니다. 그런 지경인데도 중국은 유학이 자기들 것이며 G2의 경제부국이 된 이유는 바로 중국 유학의 '충' 과 '효' 사상 때문이라고 우쭐거립니다. 하지만 우리는 인정할 수밖에 없습니다. 유학의 원조는 중국이기 때문입니다.

한국은 조선시대에 외래사상인 성리학을 받아들입니다. 고려시대 불교를 숭배했던 기득권 세력에 대항하기 위해 받아들인 사상입니다. 다시 말해, 유학은 정치인이 명분으로 내세운 사상이지 일반 백성이 원해서 받아들인 사상이 아닙니다. 유학은 우리의 전통사상이 될 수 없습니다.

중용1~5장까지는 하늘의 명령부터 시작하여 현시대에 중용이 실현되지 못함을 개탄하는 말로 마무리합니다. 중용 6장~11장까지는 현재 삶 중에 중용을 실현하는 방향을 제시합니다.

중용의 삶에 대표 실현자로 먼저 순임금이 소개됩니다. 중용 1장에서 하늘을 만든 반고와 땅을 다스리는 '삼황오제'를 언급했는데요. 특히 중국 고대 역사상 가장 위대한 인물이 요임금, 순임금입니다.

중국은 처음부터 큰 나라는 아니었습니다. 황하 중류 지역에 조그마한 부족공동체로 시작했으며 요임금과 순임금은 황하 중상류 일대에 흩어져 살던 여러 부족들의 공동대표 정도였습니다. 유학을 중시하는 사람들은 요임금과 순임금이 자기 자식에게 왕위를 물려주지 않고 신하에게 양보했다고 해서 어진 왕의 대명사로 칭송합니다. 현대적이라는 재벌기업과 한국 교회에서도 자기 자식에게 경영권과 목사권을 물려주려고 애쓰는데 수천 년 전 요·순임금을 보노라면 어진 경영자에게 가장 우선되는 도덕적 가치가 무엇인지 가늠할 수 있습니다.

요임금과 순임금뿐만 아니라 뒤를 잇는 우임금도 치수사업에 많은 공을 들였습니다. 황하강을 어떻게 활용할 것인가는 노동 집약적인 농경사회에 있어 절대적인 과제였습니다. 특히 하천의 범람을 막기 위해 대규모 토목공사에 많은 공을 들였습니다. 치수의 성공으로 농업을 안정시켜 먹거리를 정착시켜준 요·순임금은 성인이며 영웅이었습니다. 중국에서 영웅은 그리스신화나 마블이나 디즈니에 등장하는 질리도록 넘쳐나는 반신반인이 아니며, 하나님의 아들 예수도 아닙니다. 고대 중국의 영웅은 소박한 보통 사람입니다. 동양의 영웅은 소박한 인간입니다.

플라톤의 스승은 서양 인문학자의 시조라 불리는 소크라테스입니다. 소크라테스는 논리와 논술로 상대방을 설득하는 웅변술을 가르치던 사교육 단체 '소피스트'로부터 신을 부정하고 젊은이들을 현혹한다는 이유로 고발당해 재판에 넘겨집니다. 직접 민주주의의 발원지라 불리는 아테네 재판정에 선 소크라테스는 배심원으로 참여한 일반 시민들의 투표에 의해 유죄 판결을 받고 결국 사형됩니다. 그 장면을 지켜본 귀족 출신 플라톤은 민주주의야말로 어리석은 다수의 중우정치이며 난폭한 폭우정치라며 민주정을 반대합니다. 플라톤의 제자인 아리스토텔레스도 영향을 받아 민주주의는 가난한 자들의 빈민정치라고 비판했습니다.

그런 이유로 '이상적인 국가는 정말 똑똑한 사람이 공동체를 위해 봉사할 마음이 있는 사람이 통치하는 나라' 라고 플라톤은 주장합니다. 그리고 이탈리아 남서부에 위치한 시칠리아섬에서 철인정치를 실현하려고 떠납니다. 하지만 어이없게도 원주민에게 잡혀 노예로 있다가 친척이 낸 배상금으로 아테네로 돌아옵니다. 그가 돌아와 설립한 것이 현대 대학교의 시조가 된 '아카데미아' 입니다.

플라톤의 이상인 철인은 순임금과 비슷하지만, 가족이나 사유재산, 예술을 부정하는 면에서 이데아의 철인은 관념적일 수밖에 없는 서구적인 비인간적 가상 인물일 뿐입니다.

정치 철학자 한나 아렌트는 '정치의 의미는 자유다' 라고 주장했습니다. 이 말은 아리스토텔레스의 고전주의 정치철학을 계승합니다. '정치적이라는 말은 서로 다른 사람들이 말과 행위를 통해 공동체 세계를 자유롭게 만드는 것이다.' 경제는 필연성을 해결하고 정치는 자유를 추구한다고 요약됩니다.

사람들은 함께 행하고 말하면서 공동 세계를 만들기 때문에 정치는 반드시 '인간관계' 에서 이루어집니다. 정치적이라는 말은 사람들이 자유롭게 행위하고 다른 사람들과 차별화를 통해 자신의 정체성을 발전시키는 공간을 의미합니다. 이 공간을 가졌을 때 우리는 세계에 참여할 수 있습니다. 이런 관점에서 정치는 차이와 다양성이 생성되고 인정되는 곳입니다. 그러므로 정치의 근본 조건은 '함께 행위하고 말하는 것' 입니다. 촛불 집회든 태극기 집회든 쌍방 차별화를 통해 자신의 정체성을 발전시키는 공간이 됩니다. 그 속에 민주주의가 지향하는 자유가 담겨있습니다. 한국인은 홍익인간의 정신적 바탕 속에 자유를 담고 있습니다. '정치는 함께하는 일' 입니다. 그저 권력을 잡기 위해 국민의 표심을 동원하는 기술을 정치라 하지 않습니다. 정치는 사람이 함께하는 일로 타인의 정체성을 인정하고 다양성을 긍정하여 자유를 인정받을 수 있는 세계가 되도록 격려하는 일입니다. 따라서 정치는 관념이 아니라 현실이 됩니다. 갈등 중에 자유가 존재할 수 있습니다. 자유로운 존재들이 함께하기 때문에 필연적으로 다양한 문제가 발생할 수밖에 없습니다. 현실 문제입니다. 이를 극복하기 위해 중요한 것이 '인성' 입니다.

순임금은 혈통적으로 천자가 된 사람이 아닙니다. 그는 천민 출신으로 오랑캐의 후손이었습니다. 순은 당시 정치의 덕성으로 중시되던 효(孝)를 실천하는 데 있어서 탁월하다는 하나의 이유만으로 천자가 됩니다. 고대 중국 사상가 중에 장자는 '윤리적 가치가 정치적 가치와 분리될 수 없다' 고 했는데, 정치는 하늘에서 내려진 허구의 인

K-Culture의 홍익인간, 팬데믹을 이겨내다

물이 아니라 도덕성을 가진 자가 해야 한다는 말과 일맥상통합니다. 다시 말해 정치에 있어 가장 중요한 인성은 '도덕성'입니다.

하늘의 명령대로 사는 삶을 도(道)라고 했습니다. 다시 말해, 널리 이롭게 하며 사는 삶이 도(道)입니다. 정치라는 관점에서 도(道)는 개인이 완성하는 게 아니라 함께해야 완성됩니다.

연암 박지원은 '지나가는 어린이에게라도 배울 것이 있다면 서슴지 말고 물어라!'고 했습니다. 사회의 리더, 정치인들은 물음은 없고 자기주장만 있습니다. 현명한 국민에게 현명한 해답을 전혀 듣지도 않고서 국민의 뜻이라며 상대방을 빨갱이로 몰아세우고 극우주의자들이라는 주장만 난무합니다. 너무나도 저열합니다.

순임금은 함께할 때 발생하는 문제를 덕성으로 해결합니다. 궁금한 게 있으면 신분에 상관없이 묻기를 즐겼고, 대답할 때는 권위적이고 유식해 보이는 전문용어나 기술용어를 빼고 주변에 익숙한 용어로 재해석하여 누구나 쉽게 이해할 수 있도록 풀어주었습니다. 사람의 허물은 말하지 않았고 좋은 장점은 부각하였습니다. 특히, 결정을 해야 할 상황이라면 양극단의 주장을 충분히 수용한 후에 결정했습니다. 그런 덕성이 중용의 정신입니다.

중용 4장에서 중용의 꽃은 지나침은 모자람보다 못하다는 '과유불급'이라고 했습니다. 중용 6장에 중용의 두 번째 핵심 주제가 담겨있습니다.

중용은 갈등이 발생했을 때 상대방을 논리와 논증으로 설득시켜 합의점을 타협하는 기술을 뜻하는 게 아닙니다. 디베이트가 아닙니다. 중용은 대치되는 극단의 상황들을 충분히 고려하고, 다양한 변수를 충분히 인지한 후에야 자연스럽게 우러나오는 결단입니다. 순임금은 그 양단의 상황을 포섭하면서 그 가운데를 백성에게 적용하는 덕성을 발휘합니다.

덕성의 핵심은 백성입니다. 공동체 구성원입니다. 인간입니다. 어떤 결정이든 그 바탕은 백성을 이롭게 하는 일입니다. 인간을 이롭게 하는 일은 협의나 타협에서 결론지어지는 게 아닙니다. 정치는 양극단의 갈등을 충분히 고려하여 구성원들을 이롭게 하려는 덕성에서 비롯됩니다. 순임금은 중용의 덕성이 분명했기 때문에 순임금으로 불리게 된 것입니다.

널리 인간을 이롭게 하는 일은 정치적입니다. 그리고 하늘에서 내려온 재벌이나 신의 아들만이 할 수 있는 일이 아닙니다. 대단한 위인이 하는 일이 아닙니다. 소박한 나도 할 수 있는 일입니다. 정치적이라는 것은 내가 상대방의 정체성을 인정해 주고 자유를 인정하는 일입니다. 상대방의 정체성이 비록 나와 양극단의 문제일지라도 인

K-Culture의 홍익인간, 팬데믹을 이겨내다

간을 이롭게 하는 덕성을 잊어버리지 않는다면 그 결과는 긍정임이
틀림없습니다. 중용의 덕성은 바로 홍익정신입니다.

앎은 결과가 아니라 과정이다

공자가 말했다.

"세상 사람이 내게 '당신은 순임금처럼 지혜롭다'고 하는데 그렇지 않다. 나를 속여서 그물이나 덫이나 함정 속으로 빠뜨려도 그것을 피할 방법을 모른다. 세상 사람들이 내가 지혜롭다고 말하는데 나는 중용을 지키려 노력해도 한 달을 유지하지 못하는 어리석은 사람이다."

서양 철학을 공부하는 분들 중에 다수는 서양의 시대는 지나갔다, 서양 철학은 한물갔다고 합니다. 이성과 본질을 바탕으로 인간의 자유는 갈수록 좋아져야 하는데 오히려 점차적으로 험악해지고 있습니다. 한국은 해방 이후 서양의 문물을 본격적으로 받아들입니다. 좋은 것이라며 무조건 쫓았습니다. 지금 돌아보면 횡합니다. 남아있는 게 없습니다. 다 무너졌습니다. 우리의 가치를 다 망가트렸습니다. 서양의 것을 쫓다가 원래 한국 것이 무엇이었는지 기억을 못합니다. 영어를 써야 세련되고 한자를 써야 유식해 보입니다. 한글은 촌스럽고 깊은 맛이 없다고 합니다.

지식, 앎을 보는 방식은 서양과 동양이 다릅니다.

서양에서 앎은 증명돼야 인정됩니다. 논거가 필요합니다. 근거를 증명해서 결론을 내야 앎이 됩니다. 글쓰기 방식에서 나타납니다. 글쓰기, 창의적 사고라는 말은 서구 학문을 따라가자는 얘기입니다.

세상의 모든 지식을 증명할 수 있나요?

"너, 왜 나를 좋아해?"

"그냥"

이런 대답을 했다가는 바보 소리 듣습니다.

이거 어떻게 증명합니까? 100일이 돼서 사랑한다는 것을 증명하기 위해 케이크를 준비하고 이벤트를 해야 합니다. 200일이 되면 또 달라져야 하고 300일이 되면 난리가 납니다. 이렇게 해야 사랑하는 감정을 증명하는 게 됩니다. 좋은 것도 증명해야 하나요? 보이지 않는다고 설명할 수 없다고 존재하지 않나요? 한 줄기의 빛도 들어오지 않는 방안에서 아무것도 안 보인다고 없다고 할 수 없습니다.

동양에서 앎은 직관입니다. 노자에게 제자가 묻습니다.

"선생님 도(道)가 뭐죠?"

"도(道)가 도(道)지"

직관적인 앎이란 것이 그렇습니다. 도대체 설명할 수 없으니까.

"와, 물맛 좋다."

"맛있는 물맛은 어떤 건데?"

"이리 와서 물 마셔봐."

맛이라는 것은 경험을 통해 알아 가는 것입니다. 동양에서의 앎이 란 물을 직접 마시는 체험과 맛있는 물이라는 게 이런 거구나 하는 설명하기 힘든 직관을 통해서 이해해야 합니다. 이것이 동서양의 앎 을 보는 방식의 차이입니다.

청소년 권장도서 목록을 보면 『논어』와 『맹자』가 있습니다. 이것 은 지나친 부분입니다. 단순히 문자를 아는 것과 느끼는 것은 다릅 니다. 한자를 안다고 그 의미를 이해할까요? 적어도 나이 40세는 넘 어야 '음, 맞아 맞아' 라는 말이 나옵니다. 10대가 논어와 맹자를 읽 고 소학을 이해한다고요? 머리가 똑똑하다고 답을 아는 게 아닙니 다. 답은 없을 수도 있습니다.

6장에서 중용의 삶에 실천가로 모범이었던 순임금을 소개했습니 다. 7장은 사람들이 공자를 덕성을 갖춘 순임금과 비견된다고 치켜 세우자 자신의 입장을 밝힌 장면이 등장합니다.

수십, 수백 명이 등록한 시 협회나 소설 협회에 대표 작가로 추앙 받던 국민대표 시인 고은이나 박범신 등은 가슴이 닫힌 부정직한 사 람입니다. 그들은 자신을 추앙하는 사람들에게 겸손하지 못한 채 문 학을 권력으로 사용했습니다. 반면에 70여 명의 제자를 둔 유교 협 회 대표인 공자는 열린 가슴의 정직한 사나이입니다. 공자는 누군가 자신에게 불순한 의도로 접근하여 사기를 치고 함정에 빠트려도 피할 줄 모르며, 중용도 한 달을 유지하지 못하는 실천력이 부족한 어리석은 인간이라고 자기비판을 서슴지 않습니다. 스스로 낮추기를 두려워하지 않은 공자는 분명 순임금과 비견될 만한 가치 있는 인물입니다.

『논어』에 공자의 입장이 구체적으로 기록되어 있습니다.

"사람들이 나를 보고 지식이 넓고 아는 것이 많다고 하는데, 과연 나는 뭘 좀 아는가? 아니다. 나는 아는 것이 별로 없다. 단지 남루하고 천한 아이가 멍청한 질문을 할지라도 나는 반드시 양단의 논리를 두드려보고 그가 이해할 수 있는 말로 풀어서 정성을 다해 자세히 말해준다. 그래서 내가 많이 아는 것처럼 보였을지 모른다."

중용은 양단의 중간을 선택하는 게 아니라 양단의 상황을 충분히 고려한 후 인간에게 좀 더 이로운 것을 선택하는 덕성이라고 했습니다. 여기에 또 하나의 덕성이 추가됩니다. '정성'입니다. 멍청한 질문이라도 양단의 경우를 모두 생각하여 혹시 상대방의 질문 속에 중요한 무엇을 빠트린 것은 아닌지 두드려보는 '정성'을 말합니다. 덕성은 정성에서 비롯됩니다. 그 정성은 일회성이 아닙니다.

공자 자신은 중용을 실천하는 '정성'을 한 달도 유지하지 못하는 어리석은 사람이라고 고백합니다. 공자는 자신을 낮춰 평범한 우리를 격려합니다. 널리 이롭게 하는 자는 격려하는 자입니다.

추앙받는 사람이 겸손하기는 정말 쉽지 않습니다. 자신은 겸손하고 싶으나 따르는 사람은 그렇지 않습니다. 내가 따르고 존경하는 사람은 반드시 대단한 사람이어야 합니다. 자신의 선택을 선생에게 의존합니다. 신에게 자신의 책임을 맡깁니다. 스승이나 신은 스스로 겸손해지고 싶으나 겸손 자체도 추앙의 대상이 됩니다. 권위가 되어 버립니다. 그렇게 시나브로 얻어진 권력을 뿌리친다는 것은 불가능에 가깝습니다.

한 친구가 막 대학교수가 되었을 때 이야기를 들려주었습니다. 처음에 강단에 섰을 때 두려움과 위축감이 들었다고 합니다. 자신은 나이 차이만 있는 동료라는 생각으로 학생들을 대하고 싶었지만, 날이 갈수록 실현 불가능한 이상이겠구나 느꼈답니다. 강의 중에 '음, 음, 목이 마르네' 하며 무심코 혼잣말을 했는데 쉬는 시간이 지나고 강의실에 도착하니 교탁 위에 여러 개의 생수병이 놓여 있었답니다. 순간 '이게 뭐지?' 라는 의문이 들었다고 합니다. 친구는 학생들이 자신에 대한 존경심보다는 교수라는 권위에 아부하는 행동이라고 결론 내렸는데, 처음 강단에 섰을 때 느낀 그 감정은 권력에 대한 두려움과 위축으로 변했다고 하더군요. 한 가지 덧붙여 왜 대학교수들이 권위적이며 고집불통에 자기주장만 강한 사람 꼰대일 수밖에 없는지 이해되었다고 고백했습니다. 처음엔 불편하던 접대가 어느 순간 익숙해지고 접대가 소홀하면 화가 난다고 합니다. 그들은 접대의 정도가 존경의 표현이라고 생각하게 됩니다. 이는 일반적인 정치인들의 모습과 다를 바 없습니다.

타인은 나를 교만하게 만들고는 어느 순간 파괴되기를 기대합니다. 선과 악이 공존하는 존재입니다. 힘을 가진 자는 겸손을 지키기가 어려우며 초심의 겸손을 정성을 다해 한 달만이라도 유지하는 게 정말 쉽지 않습니다. 성인이라 칭송받은 공자도 오죽하면 자신은 어리석고 인내심 없는 사람이라고 스스로 비하했겠습니까?

유학의 근본은 '정성이 있는 정직'입니다.

공자는 『대학』에 그 뜻을 분명히 나타냈습니다. 팔조목(八條目)은 여덟 가지 유교의 주요 교리로 격물, 치지, 성의, 정심, 수신, 제가, 치국, 평천하입니다. 그런데 일반적으로 '수신제가치국평천하' 네 가지 조목만 알고 있는 사람이 많습니다. 자기 마음을 닦아야 가정을 다스리고 나라를 다스리고 천하가 평안해진다고만 알려져 있습니다.

왜 뒷부분의 사조목만 기억할까요? 아마 마음보다는 결과만이 중요한 실효성에 치우쳐서인지 모르겠습니다. 치우침은 중용의 덕이 아닙니다. 공자는 분명히 전달했습니다. '격물치지' 하고 '성의정심' 하는 마음으로 수신해야 한다고 말입니다.

'격물치지' 부터 이해해야 합니다. 성리학의 창시자 주자는 '한 그루의 나무, 풀 한 포기도 만물을 담고 있다 그러므로 공부하면 만물의 이치를 깨달을 수 있다'고 해석했습니다. 양명학의 창시자 왕양명은 '물(物)'을 섬김으로 해석하여 임금이나 어버이를 섬기는 마음이고, '격(格)'은 마음을 다잡는 것으로 풀이했고, 섬기는 마음을 잡으면 자신의 내면부터 무엇이 옳음을 분명히 알게 되는데 그것을 '지(知)'라고 했습니다.

'성의정심'을 말 그대로 해석하면 '뜻을 성실히 하고 마음을 바르게 하라'입니다. '성의'는 보이지 않는 데서도 몸가짐을 조심하며 들리지 않아도 몹시 두려워하는 마음입니다. 그리고 참되고 정성스러움입니다. 시종일관하는 마음입니다. '정심'은 올바른 마음과 가치관입니다. 다시 말해, '성의정심'이란 누가 보지 않더라도 시종일관 스스로 단정하려는 마음과 정성이며, 올바르고 긍정적인 가치관을 담고 있어야 한다는 의미입니다.

내가 어떤 일을 이루기 위해서 즉, '제가치국평천하'를 원한다면 먼저 타인을 섬기려는 마음이 분명한지를 살펴보고 올바르고 긍정적인 가치관을 담고 있는지 생각하여 정직하게 시종일관하고자 다짐하는 '정성'에서 시작해야 합니다.

'나는 공부를 왜 하는가? 아는 것이 없기 때문이다. 그래서 죽을 때까지 공부해야 한다. 죽을 때까지 공부해도 모자란다. 독서와 공부는 다르지 않다. 주변의 모든 것이 공부다. 공부를 위해 팔조목의 뜻을 깊이 묵상하자. 내가 어디로 무엇 때문에 살고 공부하는지 알아야 한다. 사고가 정리되었을 때의 쾌감을 느끼자. 사고 확대가 일어날 것이다. 자연과학은 왜? 하는 지식의 기본적인 현상 공부다. 앎에 대한 갈구로 공부를 한다면 삶이 즐거워지고, 몸이 즐거워진다. 몸이 즐거우면 알고 싶고 다시 삶이 기쁘고 새롭고 즐거워지니 마음이 풍족해진다.'

처음 인문독서활동가로 일하며 다짐하고 스스로 의미를 부여했던 말입니다. 돌이켜 생각 해보면, 공부에 대한 방향을 설정해 놓고서는 현실과 타협하며 정성을 잃어버릴 때가 많았습니다. 정성을 다해 널리 인간을 이롭게 하려는 마음을 한 달만이라도 유지했는가라고 물어본다면 나에게 미안한 마음뿐입니다.

앎은 결과가 아니라 과정입니다. 지속적인 정성이 필요한 일입니다. 결정과 결과에 대한 조급함이 독단과 독선에 사로잡힌 범법자 소인을 만들고 있습니다. 홍익정신을 지속적으로 유지한다는 것은 쉬운 일이 아닙니다.

중용 8장

자기희생이 인간을 이롭게 한다

공자가 말했다.

"안회는 항상 중용의 마음을 간직하며 살았는데 선(善)을 깨닫게 되면 가슴에 담아 잊어버리지 않았다."

톨레랑스라는 말은 '차이를 인정' 하라는 말입니다. 나와 같은 생각을 타인에게 강요하면 독재의 소지가 됩니다. 나와 네가 달라야 조화가 됩니다. 수십 종의 각기 다른 악기가 어울려 연주할 때 오케스트라의 아름다운 하모니가 탄생하듯 말입니다.

하늘은 편애함이 없습니다. 하늘은 공평합니다. 이것은 진리입니다. 하늘은 반드시 위에 있나요? 하늘이 보이나요? 인간을 기준으로 머리 위는 하늘, 바닥은 땅으로 정했을 뿐입니다. 만약 하늘을 날아가는 새는 무엇을 기준으로 할까요? 하루살이에게 저녁은 탄생이고 새벽은 죽음이 됩니다. 모든 사물이 인간이라는 존재에 맞춰져 있습니다. 우리가 호랑이라고 명명하는 순간 호랑이는 우리의 지배를 받게 됩니다. 그것이 인간의 위대함이며 가장 어리석음입니다.

하늘과 땅은 위아래가 없습니다. 남성 중심적 사고가 아버지는 하늘, 어머니는 땅, 아버지는 위, 어머니는 아래라고 정해버렸습니다. 천지는 대등한 에너지입니다. 남녀는 평등하다는 의미입니다. 양은 밀어내는 것이고 음은 받아들이는 기능을 합니다. 주고받음이 어울려서 만물이 생성됐습니다. 하늘과 땅의 에너지는 동등합니다. 하늘이 공평하면 참이고 땅이 공평하면 참입니다. 참과 참 사이에서 내가 태어났으니 나 또한 참인 존재입니다. 세상은 참인 존재와 참인 존재가 어울려 구성돼 있습니다. 다양한 차이는 있지만 우린 참인 존재들이기에 이롭게 할 가치가 있는 겁니다. 내가 진리며 너도 진리인 것입니다.

중국 수당시대에 불교가 본격적으로 자리 잡습니다. 유학과 도교는 현실을 반영하고 불교는 사후세계를 이야기합니다. 수백 년의 끝없는 전쟁으로 지쳐버린 백성이 내세의 평안을 보장하는 불교를 찾는 게 당연했을 겁니다. 중국인의 사고체계가 틀어지면서 공자, 맹자, 노자가 찌그러집니다. 송나라 때 '우리가 어쩌다 외래종교에 엉망이 되었는가, 우리나라도 훌륭한 정체성이 있는데 왜 이렇게 돼버렸는가, 어쩌다 외국 귀신한테 홀려 버렸는가' 하면서 중국의 정체성에 의문을 갖게 됩니다. 그때 주희가 나타납니다. 불교를 이론적으로 대항하기 위해 새로운 무기가 필요했습니다. 산사람도 모르는데 죽은 사람을 어떻게 아는가 하는 새로운 가치를 찾았고 '신유학'을 만들게 됩니다. 성(性)과 리(理)를 중심으로 설명했으므로 '성리학'이라고 합니다. 신유학은 사변철학, 머리에서 논리적으로 답을 얻습니다. 그러므로 성리학은 다소 추상적인 철학입니다. 이런 사상이 우리 조선을 500년 동안 사로잡습니다. 남명 조식 선생은 양명학적인 유학을, 퇴계 이황 선생은 신유학적 유학을 받아들이며 사고체계를 이끌어갑니다. 물론 양명학은 발전하지 못하고 성리학이 조선 사회를 끌어안습니다.

조선은 중국의 남송시대 성리학으로 정체됩니다. 너무나 굳어버려 조선 후기 실학도 성리학적 관념에서 벗어나지 못합니다. 사상의 다양성을 부정하고 외래종교를 배척합니다. 잘살자고 하는 민중의 갈망을 천주교를 믿는다는 이유로 박해하며 수많은 사람을 죽입니다. 신자들은 왜 죽어야 하는지 이유도 모르는데 말입니다. 선(善)이 극단이 되면 악(惡)이 됩니다.

『삼국사기』를 집필한 김부식은 우리 스스로를 오랑캐라고 칭합니다. 우리가 우리 역사를 왜곡했습니다. 세종대왕이 한글을 창제하자 양반들은 아버지 나라에서 한자를 쓰는데 어찌 아들인 우리가 한글을 배워야 하는가 하며 반대합니다. 양반가에서 태어난 아이는 3살

때 한자를 배웁니다. 천자문을 떼면 사서삼경으로 넘어갑니다. 천자문은 중국의 사상과 역사와 문화를 1,000자로 모아 지은 책입니다. 어릴 때부터 중국의 언어와 사상을 배우는 겁니다. 그리고 중국과 같은 방식으로 과거시험을 치릅니다. 그는 한국 사람인가요? 중국 사람인가요?

세계화 시대에 미국에서 아이를 낳았습니다. 아이의 교육은 미국에서 시키고 집에서는 한국어를 씁니다. 장성하여 미국의 직장에서 일을 합니다. 국적은 한국입니다. 그는 한국인일까요?

'세계화'라는 게 무엇인가요? 영어를 배우면 세계화인가요? 언어는 그 나라의 문화와 사상, 감정이 깃들어 있습니다. 한국인만의 감성을 먼저 공유하고 그 감성을 바탕으로 다른 생각을 듣는 것이 세계화 아닐까요? 미국에서 육 개월 영어를 배운 사람이 어설프게 영어를 섞어 말합니다. TV에 전문가라는 사람도 종종 영어를 섞어 유창한 척합니다. 반면에 해외에서 오랜 생활을 한 사람들은 한국어를 무척 사랑합니다. 왜냐면 한국어가 바로 자신의 정체성을 지켜주는 가장 큰 재산이기 때문입니다.

김부식은 고려인인데 스스로 오랑캐라 칭하며 중국적 사고에 젖어 융화합니다. 친미니 친중이니 하는 것도 우리 스스로가 오랑캐임을 고백하는 것과 다를 바 없습니다. 친미, 친중이 중요한 게 아니라 한국인의 정체가 무엇인지 아는 것이 급선무입니다. 사고는 유연해야 합니다. 도끼로 고정관념을 깨지 않으면 굳어져 버립니다.

8장에는 안회(안연)가 등장합니다. 공자의 수제자 안회는 예수에게 베드로와 같은 인물입니다. 공자의 제자 가운데 학자·정치가·웅변가·부자로 뛰어난 사람이 많았지만 안회는 덕의 실천에서 가장 뛰어났습니다. 그는 불우하고 가난했음에도 오로지 덕을 수양하는 일에 전념했기에 공자가 가장 사랑하는 제자가 됩니다. 공자에게 안회라는 인물은 자신을 겸허하게 돌아보게 만드는 스승 같은 존재입니다. 끊임없이 배우고 실천하여 매일매일 새로운 제자의 모습을 보며 공자도 자극받아 자신도 공부하고 실천하고자 하는 마음을 다집니다. 그러나 안회는 32살의 젊은 나이에 요절하고 맙니다. 공자는 "하늘이 나를 버리는구나!" 하며 깊은 탄식을 했다고 합니다.

안회는 공자 공동체를 화합시킨 존재였습니다. 안회가 등장하면 사람들이 절로 모였습니다. 널리 인간을 이롭게 하고자 하는 덕성이 감정의 공명을 일으켰기 때문입니다. 안회는 유학에서 말하는 어진 사람(仁)입니다.

안회의 인(仁)에 대해 설명합니다. 인이란 사소한 선을 알게 되면 가슴에 담아 잊어버리지 않는 마음입니다. 여기서 '착한 일'은 머릿속에 그려지는 공허함이 아니라 현실에 실천하는 착한 일을 말합니다. 작은 선이라도 지나치지 말며 선을 행함에 있어 중용을 잊어버리면 안 됩니다. 그런데 착한 일을 행함에 간과하는 일이 있습니다. 누구를 위한 착한 일인지를 이해하고 행동하는가에 대한 물음입니다.

버려진 아이들을 양육하는 착한 사람을 알게 됐다고 가정해 봅시다. 당신은 그가 금전적인 어려움이 있다는 것을 알게 되어 매월 5만 원씩 기부를 했습니다. 그러던 어느 날 그가 사기꾼이라는 뉴스를 접하게 되었습니다. 이런 경우에 당신이 기부한 행동은 착한 일이었을까요? 물론 착한 의도였기 때문에 착한 일이라고 할 수도 있지만, 그가 나쁜 일을 하는 데 도움을 주었다고도 할 수 있습니다. 물론 논쟁거리가 될 만한 이야기입니다만 '착한 일도 악이 될 수 있다' 는 개연성은 생각해 봐야 합니다. '착한 일을 행함에 있어 남을 도와주려는 열정이 그 상대에게 올곧은가?' 라는 냉정한 물음이 공존해야 합니다.

일본이 우리나라를 강점한 정당한 이유도 착한 마음에서 비롯합니다. 일본 극우주의자들의 논리는 이렇습니다.

"조선 왕은 구시대적인 유학사상에서 벗어나지 못했다. 그러므로 조선 백성들은 피폐하여 굶주림에서 벗어나지 못했다. 얼마나 불쌍한가. 우리 일본은 메이지 유신을 통해 유럽의 선진 사상을 받아들였다. 선진화된 일본은 불쌍한 조선 백성을 위해 철도를 놓아 경제

를 활기차게 함으로써 가난에서 벗어나게 해 줄 것이며 신분의 불평
등에서 해방시켜 주겠다."

말도 안 되는 이야기지만 일본이 아직까지 잘못을 사과하지 않는
근간이 됩니다.

"일본이 조선인들에게 착한 일을 베풀지 않았는가? 그런데 왜 우
리가 나쁜 일을 했다고 잘못을 인정하라고 하는가? 어불성설이며 적
반하장이다."

일본의 주장은 서구의 제국주의적 사상입니다. 제국주의적 관점
에서 타국침략은 선함이 됩니다.

헤르만 헤세의 대표작 『데미안』에 유명한 문장이 나옵니다.

"새는 알을 깨고 나온다. 알은 세계다. 태어나려는 자는 한 세계를
파괴해야만 한다. 새는 신에게로 날아간다. 그 신의 이름은 '아브락
사스'다."

아브락사스는 그리스신화에 나오는 신의 이름입니다. 세상은 천
사와 악마의 작용으로 선과 악이 일어나는데, 그 작용이 서로 균등
하게 일어나도록 주재하는 신입니다. 모든 일에는 선과 악이 동시에
작용합니다. 완전한 선도 없고 완전한 악도 없다는 이야기입니다.
선과 악의 어느 한쪽에 집착하지 말고 전체로서 그 둘을 바라보며,
아브락사스처럼 조화로이 사용해야 한다는 이야기로 집약됩니다.

평안함 중에는 괴로움이 있고 즐거움 뒤에는 괴로움이 있고 살기를 바라지만 죽음이 있습니다. 그것들은 언제나 같이 있지만, 자신의 미약한 경험과 과거로부터 고착된 힘의 원리를 기준으로 판단하여 좋고 싫음으로 나누고, 한쪽을 취하고 다른 한쪽은 버리려는 게 인간의 본성입니다. 한쪽을 좋아하고 싫어함이 없이 양쪽 모두를 있는 그대로 받아들일 때 걸림이 없는 조화로운 삶을 이해하게 됩니다. 어느 한쪽에 치우치지 않는 중용의 정신에 집약됩니다. 중용의 정신도 삶은 무조건적인 선도 없고 무조건적인 악도 없음을 기억하는 일에 있습니다. 일방적인 것은 없습니다. 일방적인 것은 내 자유를 포기한 독재와 구속이며 찌그러진 짝사랑입니다.

선과 악 한쪽에 치우쳐 생각하지 않는 정신이 인(仁)입니다. 중용입니다. 나에게 '선'은 상대방에게 '악'일 수 있습니다. 선과 악은 공존한다는 점을 이해해야 합니다. 선악은 없습니다. '선이다 악이다'를 따지기 이전에 무엇이 인간을 이롭게 하는 일인지 조화를 우선하는 게 바로 홍익정신입니다.

공자는 말했습니다.

"내가 싫은 일을 남에게 시키지 말라."

내가 싫은 일은 분명히 다른 사람들도 싫어하는 일입니다. 누구나 싫어하는 일을 내가 하는 것이 동양의 선(善)입니다. 인간을 이롭게

하는 일에 사상적 바탕이 되는 일입니다. 이처럼 선악을 극복하여
인간을 먼저 이롭게 하는 행동은 자기희생이 필요합니다.

중용 9장

자기희생에는 용기가 필요하다

공자가 말했다.

"나는 천하 국가를 잘 다스릴 수 있다. 높은 벼슬이나 많은 돈도 거절할 수 있다. 서슬 퍼런 칼날조차 밟을 수 있다. 그러나 중용은 실천하기 힘들다."

공자는 본성을 저버린 높은 벼슬을 뿌리칠 수 있고 돈에 치우치는 유혹 또한 거절할 수 있는 용기가 있다고 말합니다. 중용을 위해서라면 천하를 평등하게 다스릴 수 있고 벼슬도 버릴 수 있고 돈의 유혹도 이겨낼 수 있다고 합니다. 그리고 더욱 강도 있게 말합니다. 서슬 퍼런 칼날을 목에 대고 변심을 강요한다 하더라도 자신은 중용의 정신을 지켜내기 위해 목숨까지도 버릴 수 있다고 말입니다. 하지만 공자 자신도 매 순간 중용을 실천하는 용기가 부족하다고 고백하는 장면입니다.

한국인의 근본정신은 어떻게 찾을 수 있을까요?

저는 박근혜 대통령의 탄핵 중에 발생한 촛불 집회와 태극기 집회 간의 갈등에서 한국인의 근본정신을 발견했습니다. 촛불 집회는 과거 독재자인 박정희 대통령의 악몽이 박근혜 대통령으로 이어졌고 적폐가 국정농단으로 나타났다면서 강력하게 탄핵을 주장합니다. 반면에 태극기 집회는 언론의 편파적인 보도에 의해 무죄인 박근혜 대통령이 탄핵되었다고 주장하며 끝까지 자유민주주의를 지켜내겠다고 역설합니다. 저는 아직도 무엇이 진실이고 진심인지 모릅니다. 양측 모두 지도자를 감시하고 비판함에서 비롯된 성숙한 시민정신에서 비롯된 것인지 아니면 보이지 않는 누군가의 뒷거래에 의한 것인지 어찌 알겠습니까. 그저 양측 주장 모두 순수한 자기표현의 결과였기를 기대할 뿐입니다.

〈박근혜 대통령의 탄핵ㅌ 중에 발생한〉 태극기 집회(좌)와 초불 집회(우).

　정치적 관점을 버리자 특이한 점을 발견했습니다. 쌍방이 수개월 동안 수십만 명이 운집해 극심한 정치적 갈등 중에 있었으면서도 폭력과 무력이 거의 발생하지 않았다는 겁니다. 정부에 대항함에 있어 비폭력적인 경우는 종종 있지만 집단과 집단이 부딪쳤음에도 무력과 폭력이 자행되지 않았다는 점은 기적입니다. 축구에서 응원하는 팀이 다르다는 이유로 집단 폭행이 자행되는 선진국이라는 나라에서도 일어난 적이 없는 위대한 사건입니다.

이것이 한국인의 근본정신입니다.

상대방의 의견을 끝까지 경청하지 못하는 급한 마음은 잔존하지만 처음부터 상대방을 해치려는 마음이 없습니다. 널리 인간을 이롭게 하는 홍익인간의 DNA가 내재된 그들이 감히 상대방을 해칠 수 있을까요? 나라를 사랑하는 마음 이전에 인간을 먼저 사랑하려는 마음이 한국인을 대표합니다. 대표적인 단어가 '정(情)'입니다. 타인을 공감하는 '서(恕)'의 마음입니다. 민주주의는 갈등이 있어야 합니다. 갈등이 없으면 전제국가이거나 왕정국가입니다. 일본 시민처럼 정부의 통보에 순응하는 나라는 민주국가가 아닌 겁니다. 중국처럼 공산당이 시민을 통제하는 나라는 민주국가가 아닌 겁니다. 갈등을 방지하는 것은 민주주의를 지향하는 바와 역행하는 일입니다. 갈등을 일으키되 강제로 제압하려 들지 않는 것이 홍익정신의 시작입니다. 그 본성을 한국인이라면 누구나 가지고 있습니다. 한국인의 근원적인 정신입니다.

국가를 다스리는 리더는 누구에게나 평등해야 합니다. 국회의원이나 의회의원은 권력자가 아닙니다. 한 구역 시민의 대표자이며 봉사자일 뿐입니다. 그들에게 좀 더 요구되는 덕이 평등하게 봉사하는 일입니다. 그러나 일반적으로 자신을 많이 지지해 준 세력을 위한 봉사에 치우치는 경향이 많습니다. 자신과 친하고 친밀한 사람들에게 끌리는 것은 당연합니다. 자신과 친밀한 사람들의 이익을 먼저 생각하지 않을 수 없습니다. 그래서 평등한 봉사라는 게 굉장히 힘겨운 일입니다. 마찬가지로 권력이라는 생각에 사로잡혀 떠받혀 주기를 바라며 아부에 익숙해져 버리면 군림하게 됩니다. 공자는 어떤 유혹에도 흔들리지 않고 평등하게 봉사할 수 있다고 자신 있게 말합니다. 자기 신념이 있는 사람은 높은 직위와 직책을 마다하며 많은 돈을 가져다줄 기회도 거절할 수 있는 용기가 있습니다. 공자 자신도 그렇다고 합니다.

우리는 돈에는 인자합니다. 자본 중심 사회에 돈은 중요한 삶의 척도이기 때문입니다. 자본의 문제는 '금융 가치'로 치우칠 때입니다. 노동 가치는 눈에 보이는 물질을 만들어 내는 일이고 금융 가치는 보이지 않는 물질인 돈으로 돈을 만들어 내는 일입니다. 대개의 사람이 인정하지 않지만 자본의 본질은 '도박'입니다. 도박은 리스크가 큰 대신 운이 좋다면 큰 수익을 낼 수 있는 가장 자본적인 일입니다. 최근 극도의 불안감을 조성한 '가상화폐'의 유행이 단적인 금융 가치의 예입니다. 가상화폐는 대상이 되는 구체적인 물질이 없습니다. 말 그대로 가상의 돈이 대상입니다. 힘겹게 하루 8시간 이상 일해서 돈을 버는 노동 가치보다 가만히 휴대폰만 들여다보는 노동만 하면 수배에서 수백 배의 돈을 벌 수 있는 금융 가치에 열광합니다. 과정은 모르겠고 결과만 좋으면 되는 한탕주의 사회가 만연하면 자기중심적일 수밖에 없습니다. 타인을 먼저 이롭게 하려는 정신보다 자기중심적인 정신으로 치우쳐 버리면 더 이상 긍정적인 사회를 기대하지 못합니다.

과정보다 결과가 중요한 금융 가치 자본사회에서 타인을 배려한다는 것은 어리석어 보입니다. 금융의 효율성은 좀 더 효과적인 자본축적에 기능하므로 노동의 한계성을 천시합니다. 자본을 선으로, 노동을 악으로 규정하고 인간을 계층 구분합니다. 하지만 누구도 나만 아니면 되는 사회로의 전환을 원하지 않을 겁니다.

용기가 필요합니다. 현실이 이러한데 매 순간 인간을 널리 이롭게 한다는 꾸준한 마음을 실천하기 어렵습니다. 우리의 한계이며 인간의 한계입니다. 자본 중심 사회의 불합리성을 인정하는 용기가 필요합니다. 무조건적 부정은 분노와 원한을 낳을 뿐입니다. 자본과 노동을 있는 그대로 인정하고 양 끝에서 인간을 먼저 이롭게 하는 방법을 모색하는 현명함을 발휘해야 합니다. 내가 할 수 있는

것과 나의 한계를 인정하는 용기가 홍익정신을 유지하도록 도와줍
니다.

중용 10장

자기희생의 용기를 잊지 마라

제자 자로가 강함이 무엇인지 공자에게 물었다.

"자로야 네가 묻는 강함이 남쪽 지방에서 말하는 강함을 말하는가? 아니면 북쪽 지방에서의 강함을 말하는가? 그렇지 않으면 네가 지향하는 강함을 말하느냐?

타인의 잘못된 행위로 손해 보더라도 복수하지 않고 너그럽게 받아주고 용서하는 관용이 남쪽 지방의 강함인데, 군자는 남쪽 지방의 강함에 머문다. 무기를 들고 갑옷을 입고 전쟁터에 나가 흔쾌히 죽을 수 있는 것이 북쪽 지방의 강함이다. 네가 말하는 강한 사람은 북쪽 지방의 강함이겠지.

군자는 타인과 화합하면서도 악한 방향으로 흐르지 않으니, 이런 강함이 진정한 강함이다! 가운데 우뚝 서서 치우침이 없으니, 이 또한 진정한 강함이다!나라에 도(道)가 잘 펼쳐지고 있어도 궁핍했던 시절에 초심을 잊지 않으니, 이 강함도 진정한 강함이다! 나라에 도(道)가 펼쳐지지 않아 목숨이 위태로워져도 지조를 지키는 강함이야말로 진정한 강함이다!"

물질이 풍부해지자 중국은 공자묘를 새로 만듭니다. '우리 중국은 5000년의 유구한 역사를 가진 나라로 이런 나라는 세계에 없다' 면서 어머어마한 문화사업을 펼쳐 중국을 하나로 묶고 있습니다. 그들은 자부심으로 발동합니다. 전설 속 임금의 동상을 세우고 공자맹자를 찾고 있습니다.

노무현 대통령이 '변방의 역사를 청산하고 동북아 시대를 열겠다' 고 하자 자극받은 중국이 고구려 역사를 빼앗아 버립니다. 임진왜란 때 '풀 한 포기 사람 하나 당신 것 아닌 것이 없습니다' 며 망명을 요청한 선조는 호적을 다 갖다 바치겠다고 했습니다. 이런 치욕이 어디 있습니까? 역사 인식을 바로 해야 합니다.

현시대에 스승과 제자는 구분되어 있습니다. 하지만 공자는 그런 식으로 교육하지 않았습니다. 논어에 '三人行, 必有我師焉, 其善者而從之, 其不善者而改之' 이라는 말이 있습니다. 세 사람이 길을 가면 반드시 나의 스승이 있다는 말입니다. 공자는 자신의 스승을 한 사람으로 규정하지 않았습니다. 누구에게나 배울 수 있다고 했습니다. 그게 공자의 놀라운 점입니다. 공자는 학문의 출발을 정하지 않고 열어놓았습니다. 그래서 모든 사람이 스승이고 배울 수 있었습니다. 공자는 제자 대하기를 옆집 아저씨처럼 대했습니다.

공자의 수제자는 안회와 자로입니다. 안회가 인(仁)한 사람이라면 자로는 반대 성품의 인물입니다. 도적 출신 또는 동네 깡패였습니다. 그는 때마침 동네를 지나치던 공자에게 시비 걸다가 감화되어 선비가 됩니다. 자로의 성미는 거칠었으나 꾸밈없고 소박한 인품으로 용기가 있어 가르침을 받으면 반드시 실천에 옮기는 인물이었습니다.

『맹자』에 자로의 인성에 대한 부분이 나옵니다.

"자로는 좋은 가르침을 듣고 미처 실행하지 못했는데, 다른 가르침을 들을까 두려워했다."

"자로는 사람들이 그에게 과실이 있음을 말해주면 기뻐하였다."

『사기열전』 「중니 제자 열전」에 안회와 자로, 염구에 대해 공자가 어떻게 생각하는지에 관한 이야기입니다.

안회는 노나라 사람으로 자는 자연이며 공자보다 서른 살 아래다. 안연이 인(仁)에 대해 묻자 공자가 대답했다.

"자기의 사사로운 욕심을 이기고 바른 예로 돌아가면 세상 사람들이 인으로 돌아갈 것이다."

공자는 또 안회에 대해서 말했다.

"어질구나, 회여! 밥 한 그릇과 물 한 바가지로 누추한 뒷골목에 살고 있으니 다른 사람들은 그것을 견뎌 내지 못할 텐데, 안회는 자기가 즐겨하는 바를 바꾸지 않는구나."

"안회는 배울 때 듣고만 있어서 어리석은 것 같지만 물러가 행동하는 것을 살펴보면 완벽하게 실천하고 있었다. 안회는 어리석지 않다."

"벼슬에 나가면 도를 실행하고 물러나면 조용히 도를 즐길 수 있는 사람은 오직 나와 너뿐이구나."

안회는 스물아홉에 머리가 하얗게 세더니 젊은 나이에 죽었다. 공자는 제자의 죽음을 슬퍼하며 소리 내 울면서 말했다.

"내게 안회가 있은 뒤부터 제자들이 나와 더욱 친숙해졌다."

노나라 애공이 공자에게 물었다.

"제자들 중에서 누가 배우기를 좋아합니까?"

"안회라는 자가 있어 배우기를 좋아하고 노여움을 다른 이에게 옮기지 않고, 같은 잘못을 되풀이 하지 않았는데, 불행하게도 젊은 나이에 죽었습니다. 지금은 배우기를 좋아하는 자가 없습니다."

염구는 자가 자유이며 공자보다 스물아홉 살 아래다. 그는 노나라 대부 계씨의 집안일을 총괄하는 재가 되었다. 염구가 공자에게 물었다.

"의를 들으면 바로 행해야 합니까?"

"행해야 한다."

자로가 물었다.

"의를 들으면 바로 행동해야 합니까?

"아버지와 형이 계신데 어찌 들은 것을 바로 행동하겠느냐?"

K-Culture의 홍익인간, 팬데믹을 이겨내다

자로가 의아해하며 물었다.

"감히 여쭙겠습니다. 물음은 같은데 어찌 답은 다릅니까?"

공자가 대답했다.

"염구는 머뭇거리는 성격이므로 앞으로 나아가게 해 준 것이고, 자로는 지나치게 용감하므로 물러나게 한 것이다."

공자는 안회를 자신과 동일한 인물로 인(仁)한 사람이라 치켜세웁니다. 반면에 자로는 자로의 용기와 적극성을 칭찬하면서도 너무 빠른 실천을 교정해 줍니다. 공자의 리더 자질을 볼 수 있습니다. 『사기열전』에 보면 공자는 70여 명의 제자 한 명 한 명의 성격과 살림살이를 정확히 파악하고 있었습니다. 자신을 따르는 제자의 삶까지 깊숙이 파고들어 그들의 상황에 맞는 조언을 합니다. 제자 염구의 머뭇거리는 기질을 파악하여 과감한 실천이 필요하다 말했으며, 자로는 너무나 과감하므로 잠시 후퇴시켜줍니다. 자로가 공자에게 '강함'을 물어보는 것은 당연한 일입니다. 공자는 자로가 듣기를 바라는 강함이 북쪽 지방의 호전적인 성품임을 간파합니다. 그래서 군자는 남쪽 지방의 강함에 있다고 대답합니다.

내가 리더라면 또는 타인에게 이로운 일을 하고자 한다면 타인의 상황에 맞도록 행동해야 합니다. 내 기준으로 행한 착한 일은 상대방에게 상처가 될 수 있습니다. 중용은 상황에 맞는 행동을 하도록 요구합니다.

 지금부터 대략 25년 전의 일이 기억납니다. 아직도 대도시 한가운데 판자촌이 존재했던 시기였습니다. 할머니가 버림받은 손자들을 양육하기 위해 무너져가는 판잣집에서 거주하고 있었습니다. 당시 저는 대학 선배들과 함께 어려운 이웃을 돕겠다는 선한 마음이 넘쳤습니다. 전봇대에서 전선을 직접 끌어와서 판잣집에 전깃불을 밝히고 묵혀있던 이불을 꺼내 빨래를 하고 판잣집 주변에 고랑을 파고 아이들에게 따뜻한 밥을 지어줬습니다. 막 대학 1학년이 된 저는 동네 아이 세 명의 교육을 책임졌습니다. 아이들은 제대로 교육을 받은 적이 없어 학력 수준은 최악이었습니다. 답답함에 닦달하며 강하게 밀어붙였습니다. 빠른 기간 내에 어느 정도 수준으로 올려놔야 한다는 생각이 앞섰습니다. 그러나 이미 교육을 포기한 아이들은 딴청을 피우고 투정부리기 일쑤였습니다. 너무나 화가 난 저는 결국 '내가 너희들을 위해 이렇게 고생하는데 뭐 하는 짓이냐!' 며 폭발했습니다. 그러자 어릴 때부터 제대로 못 먹고 자라 비쩍 마른 데다 키도 초등학교 3학년 정도밖에 안 된 14살의 아이가 살벌한 눈빛으로 응대했습니다. '왜 우릴 동정하냐! 동정할 거면 꺼져!' 라고 말하곤 뛰쳐나갔습니다. 당황하여 아무 말도 못한 채 그 친구를 쫓아가는 다른 아이들의 모습을 지켜볼 수밖에 없었습니다.

그때부터 봉사활동을 접었습니다. 수십 년이 지난 지금도 그 아이의 눈빛과 날카로운 말을 잊지 못합니다. '동정하지 마라!'는 말은 절규였습니다. 나의 선함이 그 친구에겐 상처였던 겁니다. 도움을 주는 일은 선한 일이며 선한 일을 하면 당연히 선한 보상이 따르리라 믿었던 세상 물정 몰랐던 그 기억을 가끔 떠올릴 때면 선이 악이 될 수 있음을 잊지 않습니다. 중용이란 선함과 악함을 분명히 이해하고 그 상황에 맞춰 널리 인간을 이롭게 하는 일입니다. 정말로 중용은 어렵고 어렵습니다.

10장에서 강함에 대해 이야기합니다.

진정한 용기는 선두에 앞서서 돌격 앞으로! 외치는 걸 말하는 게 아닙니다. 용기는 흐른다고 합니다. 흐른다는 것은 화합한다는 뜻입니다. 화합하되 튀지 않는 행동이 용기입니다. 절제가 필요합니다.

중용은 치우치지 않는다고 했듯이 용기 또한 자기 신념을 우뚝 세우되 치우쳐서는 안 됩니다. 하늘의 명령인 도를 잘 실천하고 있을 때도 초심을 잃어버리지 말며, 도(道)를 실천하기 힘든 상황에서도 흔들리지 말고 자기 지조를 지켜나가는 것이 바로 진정한 용기며 강함입니다. 중용은 용기와 함께합니다. 촛불 집회와 태극기 집회에서 보여준 한국인의 용기는 타인과 화합하면서도 악한 방향으로 흐르지 않으니, 강함 그 자체였습니다.

중용은 상황에 맞춰 행동하는 일입니다. 공자가 제자들의 기질을 파악해 그들의 상황에 맞도록 조언을 한 것처럼 말입니다. 널리 인간을 이롭게 하려는 신념을 우뚝 세우되 치우치지 말며 상황에 맞도록 실천할 것이며 비록 사회가 불합리하더라도 흔들리지 않는 용기를 잊지 말아야 합니다.

자기희생의 인정욕구를 극복하라

공자가 말했다.

"한쪽으로 치우쳐 숨겨진 철학을 찾겠다고 들쑤셔내고 정상적이지 않는 별난 행동을 하면 후세에 글로 쓰일 만큼 이름을 날릴지 모르지만, 나는 그런 짓을 하지 않겠다.

어떤 군자는 도를 따르며 살아가는 도중에 그만두기도 하지만 나는 중도에 그만둘 수 없다. 군자는 중용의 실천에 가치를 두며 세상을 피해 살면서 다른 사람에게 알려지지 않더라도 후회하지 않는데, 오직 성인만이 가능하다."

남이 알아주지 않더라도 널리 인간을 이롭게 하려는 마음에 가치를 두고 지키는 것이 바로 성인의 길입니다. 부끄럼 없이 내 갈 길을 가는 것. 중용의 길입니다.

현명하고 어진 용기가 필요한 일이 중용입니다. 자신의 신념을 우뚝 세워 어떤 상황에 처하더라도 변함없는 것이 중용의 실천입니다. 11장에서 또 한 가지를 당부합니다. 누가 알아주지 않더라도 내가 세운 신념을 후회하지 말라고 합니다. 중용의 자세라고 합니다. 이는 성인과 비견된다고 합니다.

널리 인간을 이롭게 살려는 마음이 흔들리고 어느 순간에 와서는 그만둘 수도 있습니다. 나의 착한 일을 어딘가에 자랑하고 싶어질 수도 있습니다. 어떤 경우엔 아주 사소한 착한 일을 들쑤셔내어 SNS에 자랑하고, 크리에이터로 이목을 끌어 유명해질 수도 있습니다. 그런 착한 일과 유명세는 바람직하지 못합니다. 요즘 많이 등장하는 단어가 '자존감' 입니다. 페이스북에는 자존감이 높은 인싸들의 일상이 소개됩니다. 그들의 일상은 '좋아요' 로 가득 차 있습니다. 평범한 일반인과 달리 타인의 눈치를 보지 않고 오로지 자신만의 길을 가는 그들에 열광합니다. 그들의 일상은 매 순간 자존감이 넘쳐흐릅니다. 하지만 보이는 게 다일까요? 오히려 그들은 자존감이 극도로 낮습니다. 자신의 일상에 '좋아요' 를 클릭해 주는 사람의 눈치에서 벗어나지 못합니다. '좋아요' 라는 인정욕구에 사로잡혀 숫자에 연연하며 살고 있습니다. 내 일상은 가면이 되고 나는 사라집니다. 자존감이 아닙니다. 고립의 공포에 두려워하며 집 밖에서 비를 맞고 있는 불쌍한 고양이일 뿐입니다. 자존감이 강한 사람은 SNS에 자기 일상을 꾸준히 업로드하지 않습니다. 꾸준한 업로드는 상업적인 목적이 있다고 봐야 합니다. 물론 작은 착한 일이 SNS를 통해 거대한 연대로 긍정적인 효과를 불러일으킬 수는 있습니다. 그러나 그런 것들로 내 이름이 드높아진다고 좋아할 일이 아닌 겁니다. 중용을 실천하는 자는 이름이 드러나지 않아도 꾸준히 실천하는 사람입니다. 자신의 이름이 드러나지 않아도 후회하지 않는 사람이야말로 진정한 군자이며 성인입니다.

인간은 태어났고 죽으면 끝입니다. 호랑이는 죽어서 가죽을 남기고 인간은 죽어서 이름을 남긴다는 말에 의미를 둘 필요가 없습니다. 이름을 남기려고 억지로 튀는 행동을 할 필요가 없는 겁니다. 물론 억지로 튀지 않고 꾸준히 쉼 없이 중도에 포기하지 않고 실천하는 사람은 상대적으로 남이 알아주는 기회가 적습니다. 알려지기 위해 여기저기 들쑤셔진 결과라면 신념과 가치는 희석될 수밖에 없습니다.

어떻게든 자신이 하는 일을 포장하고 PR하는 게 중요하다고 현대인들은 말합니다. 중용의 힘겨움이 여기에 있습니다. 누군가 알아줄 기회가 상대적으로 적다는 점입니다. 인정욕구를 극복해내는 게 어려운 일입니다. 힘겨움을 실천으로 움직이는 힘이 중용의 역할입니다.

배워도 모르겠고
아무리 생각해도 모르겠나요?
사리판단이 안 되고
진심으로 실천하지 못하나요?
물론 누군가는 빠른 성취를 이룰 겁니다.
어리석어 한 번에 안 되면 천 번 하면 됩니다.
삶은 목적이 아니라 과정입니다.
위버멘쉬와 파우스트는
목적을 부정하며 과정을 긍정합니다.
결과보다 성실!

한국의 국화는 무궁화입니다.

PART 03 弘

益

人

間

홍익의 실천,
나부터 가족으로 시작하라

3부

중용 12장~20장

중용 12장

세상의 시작, 부부

군자의 도는 천도(天道)를 본받은 것이므로 명백하게 드러나 알기 쉬운 듯 보이지만 숨어있다.

어리석은 부부 사이에서 군자의 도를 발견할 수 있다. 하지만 부부 간에 군자의 도가 지극한 경지에 이르면 성인도 알지 못하는 부분이 생긴다. 어리석은 부부도 군자의 도를 실천할 수 있다. 하지만 부부 간에 군자의 도가 지극한 경지에 이르면 성인도 실천하지 못하는 경우가 생긴다.

세계는 너무나 거대하여 평범한 사람은 이해하지 못한다. 그러므로 깨달은 자가 거대하게 말하면 감당하지 못하고, 미세하게 말하면 그 너머를 이해하지 못한다.

시(詩)는 "솔개는 하늘로 치솟아 날아오르고, 물고기는 연못에서 뛰어오른다. 이처럼 도(道)는 위아래 모두에서 밝게 드러난다. 군자의 도는 부부의 평범한 삶에서 시작한다. 그 평범함만 이해해도 도는 하늘과 땅에 꽉 들어차 빛나게 된다." 했다.

성리학에서 우주의 본성인 '리(理)'의 기운을 태극이라고 하는데 태극은 양이라고 부르는 적극적인(확산하는) 활동의 기(氣)와 소극적인(응축하는) 활동을 하는 기(氣)인 음의 결합을 말합니다. 태극의 확산과 응축의 활동으로 태극은 오행을 낳았고 그런 작용으로 인간을 비롯한 세상 만물을 만듭니다. 우주의 음양이 존재물을 낳았듯이 인간인 부부는 자식을 낳습니다. 즉, 우주의 시작이 태극이듯 인간의 시작은 부부가 됩니다. 12장은 부부의 관계를 이해하면 우주(세계)를 이해할 수 있다고 말합니다.

중국 남송시대부터 원나라 이전까지 잠시 머물다 사라져버린 성리학을 조선 태조는 정치이념으로 받아들입니다. 전통적으로 왕가의 종묘사직을 중시하는 유학에 '삼강오륜'을 추가합니다. 인간관계에 있어 가장 기본적인 자질이 오륜입니다. 오륜은 군신관계, 부자관계, 부부관계, 형제관계, 붕우관계에 대한 처세론입니다. 오륜을 윤리로 해석해서는 안 됩니다. 신하는 임금에 충성을 해야 한다는 윤리로 해석하면 안 된다는 말입니다. 회사 대표이사를 위해 회사를 위해 몸 바쳐 일해야 한다는 충성의 개념이 아닙니다. 유학이 현대사회에 맞지 않는 고리타분한 윤리서로 인식하는 이유가 시대에 맞지 않는 해석방법을 아직도 요구하기 때문입니다. 오륜은 내가 존재하기 때문에 연결될 수밖에 없는 인간 사이에 관계성을 통칭하는 말입니다. 처세론입니다.

남자와 여자가 만나 부부의 연을 맺는 것이 인간관계의 시작입니다. 자식이 태어나면 부자관계가 되고 형제관계로 발전합니다. 가족을 넘어 사회관계로 확대하면서 친구관계가 만들어지고 군신관계가 형성됩니다. 인간의 기본적인 관계의 본질입니다.

서양의 실존주의 철학자 사르트르는 인간본질은 관계라고 했습니다. 인간은 관계에서 자유롭지 못합니다. 관계는 자기 실존의 본질이기 때문입니다. 부부관계가 본질적 관계의 시작입니다. 부부의 평범한 삶이 세계의 본질입니다.

중용은 부부와 군자를 같은 평면에서 논의합니다. 가장 기본적인 시작의 세계, 부부의 평범한 일상이 군자의 도(우주의 원리)가 됩니다. 진리는 고고한 완성의 경지에 있는 게 아니라 평범한 부부관계에 내재하고 있다고 설파합니다. 부부는 다른 세계에 살던 남녀가 하나의 세계를 만들어야 하므로 불완전한 세계입니다. 따라서 군자의 도를 실천하기 쉽지 않습니다.

우주가 인격이 있다면 세상을 창조하는 생명력에 있습니다. 우주의 원리는 낳고 기르고 생육하는 마음입니다. 이를 '원형이정(元亨利貞)'이라고 부릅니다. 우주의 원리를 이어받은 인간의 본질도 생명의 창조입니다. 부부의 도는 생명입니다. 우주적 생명의 핵심입니다.

군자의 도는 부부관계에서 시작합니다. 우주의 원리를 기준하면 세상에 생명을 불어넣으면 선(善)이고 그렇지 못하면 악(惡)이 됩니다.

지금 한국사회는 생명을 창조하기보다 소멸을 선택하고 있습니다. 특히, 저출산 문제는 십여 년이 넘게 지속적으로 제기되어온 문제입니다. 2017년에는 역대 최저인 35만 8천 명의 신생아가 출산되었다고 통계청이 발표했습니다. 합계 출산율은 1.07명입니다.

어느 언론 기사의 제목이 잊히지 않습니다.

"안 낳아서 망하는 게 아니라, 망할 세상이니까 안 낳는 것"

정부는 최악의 위기라며 저출산 해결에 열쇠를 쥔 청년들에게 다양한 방법으로 지원금을 주고 있습니다. 그러나 정작 청년들은 회의적입니다. 그들은 '헬조선'의 고통을 자식에게 물려주고 싶지 않다고 말합니다. 돈이 문제가 아니라 자녀가 살아갈 미래가 희망적이지 않다는 겁니다. 내 고통을 자식에게 대물림할 수 없다고 합니다.

그들은 '부의 불균형(60.4%)', '높은 실업률(57.7%)', '높은 물가(37.0%)', '일상화된 경쟁구도(36.1%)' 등이 헬조선을 양산하고 있다고 주장합니다.

2017년 1월에 한국청소년정책연구원이 전국 15~39세 남녀 2,500명을 상대로 설문조사한 결과, 응답자의 41.4%가 '결혼을 망설였다'고 답했고, 응답자의 42.4%는 '자녀를 가질 수도 있고 안 가질 수도 있다'고 답변했다고 합니다. 결혼 자체에 긍정적이지도 않고 자녀 출산에도 긍정적이지 않습니다. 국가는 저출산이 문제겠지만 개인 입장에는 문제가 안 된다고 합니다. 대다수 한국 청년에게 출산은 비효율적인 상황인 겁니다. 미래가 암울하니 결혼도 출산도 안 합니다.

제가 중고등학생일 때만 해도 한 반에 60명은 기본이었고 한 학년은 거의 800명에 육박했습니다. 전국적으로 따진다면 80~100만 정도 되지 않을까 생각합니다. 이제 한 세대 30년이 지나 중고등학교 한 반이 20~25명 정도 됩니다. 2000년생이 대략 42~43만 명이 됩니다. 한 세대를 지나면서 절반으로 줄었습니다. 단순하게 계산하여 2000년생이 10년 뒤에 결혼한다고 가정해봤습니다. 전체 42만 명에 여자가 50%라고 가정하면 21만 명이고 출산율이 1.07명이라면 신생아는 21만 명을 조금 넘길 겁니다. 이 추세라면 인구는 한 세대마다 절반으로 줄어듭니다.

부부관계가 통하지 않습니다. 인간의 근원적인 관계가 무너지고 있습니다. 우주가 급격하게 무너지고 있습니다. 생명의 확산보다 소멸을 선택하니 한국사회가 악함으로 돌아서고 있습니다. 가장 본질인 부부관계가 무너지니 인간관계 전체가 악(惡)해지고 있습니다. 화합보다는 단절, 개성을 요구하고 소통보다는 무관심을 기대합니다.

다른 세계 간의 만남인 부부관계는 당연히 불편함을 야기합니다. 세계와 세계가 부딪치므로 갈등과 폭발이 따라올 수밖에 없습니다. 하지만 그런 갈등과 폭발이 어우러져서 큰 세계를 창조하는 게 부부관계입니다. 갈등과 폭발을 통해 화합과 소통을 이뤄내며 긍정적인 생명력을 갖게 합니다. 이런 생명력은 부자관계, 형제관계, 친구관계, 군신관계에 긍정적인 삶의 바탕을 만들어 줍니다.

근본관계인 부부관계가 사라지게 되면 모든 관계는 정상적일 수 없습니다. 관계의 깨어짐이 사회를 불안하게 만듭니다. 현대사회는 개성의 시대이며 나는 누구와도 다른 독립적인 객체라고 주장합니다. 개인주의가 강조됩니다. 내가 너에게 피해를 주지 않을 테니 너도 나에게 피해를 주지 말자는 합리적인 효율을 강조합니다. 큰일입니다. 실제 개인주의의 내면은 다릅니다. 타인과 관계 맺는 게 두렵기 때문에 회피하는 겁니다. 개인주의는 도피입니다. 생명력 넘치는 부부관계가 사라지니 다른 세계와 부딪칠 때 발생할 수밖에 없는 갈등과 폭발을 이겨낼 방법을 학습하지 못합니다. 그런 이유로 발생할 수 있는 잘못을 미리 회피할 목적으로 생긴 게 개인주의입니다. 부부관계는 신뢰에서 시작합니다. 개인주의는 사람을 신뢰하지 못함에서 비롯됩니다.

인간을 신뢰하지 못하니 사회 시스템을 요구합니다. 학생의 잘못에 대해 격려보다 벌점으로 해결하려 듭니다. 어떻게 인간관계로 풀어내야 할지 모르기 때문입니다. 타인과 부딪치는 게 두렵습니다. 부부관계가 깨지니 인간관계가 무너지고 있습니다. 개성이며 개인 주의라고 하며 간섭하지 말라 합니다.

부부관계가 외면 받는다면 생명력 넘치는 세계를 볼 기회가 점점 사라질 겁니다. 길거리에 돌아다니는 돌멩이의 생명을 찾아낼 수 없 게 됩니다. 무생명도 우주적 관점에서 보면 생명입니다. 부부의 도 는 모든 생명들과의 연대감과 공감에서 시작됩니다. 세상은 부부에 서 비롯됩니다. 음양의 시작인 부부관계를 이해하면 세상의 이치를 이해할 수 있습니다.

공감, 너의 마음이 나의 마음

공자가 말했다.

"도(道)는 멀리 있지 않다. 도를 실천하겠다면서 도가 현실과 동떨어진 것처럼 생각한다면 결코 도를 실천하지 못할 것이다."

시(詩)에 쓰여 있다.

'도낏자루로 쓸 나무를 베는구나. 빠져버린 도낏자루를 만드네. 도낏자루 만드는 원리는 멀리 있지 않네.'

빠져버린 도낏자루를 흘깃 보기만 해도 새 도낏자루 모형을 알 수 있건만 도낏자루 만드는 원리가 멀리 있다고 생각하니 얼마나 어리석은가! 그러므로 군자는 도리를 가지고 사람을 대하며 사람이 스스로 잘못을 깨달아 고칠 수 있도록 인도할 뿐 가르쳐 다스리려고 하지 않는다.

충서(忠恕)란 자신의 참된 마음을 다하고 참된 마음으로 다른 사람의 마음을 헤아리는 도(道)다. 자기에게 먼저 베푼 후에 원하지 않는 것이라면 남에게도 베풀지 말라.

군자의 도(道)는 네 가지가 있는데, 나는 한 가지도 제대로 못한다!

자식에게 바라는 것만큼 부모를 섬기지 못한다. 신하에게 바라는 것만큼 임금을 잘 섬기지 못한다. 동생에게 바라는 것만큼 형님을 잘 섬기지 못한다. 친구에게 바라는 것을 내가 먼저 베풀지도 못한다.

사람은 일상 중에 평범한 덕을 실천하고 평범한 말을 할 때도 조심해야 한다. 실천에 부족함이 있으면 힘써 고치고, 말은 절제하고 잘난 체하지 말아야 한다. 말할 때는 반드시 실천 가능한지 돌아보며, 행동할 때는 반드시 자신이 한 말을 돌아봐야 한다.

이처럼 군자가 어찌 말과 행동에 진실하지 않겠는가!

공자는 자신의 생각을 말할 때 '시(詩)'를 자주 인용합니다.

중국 5000년 역사의 중간에 등장한 인물이 공자(BC 500년 전후)입니다. 공자와 노자가 등장하기 전, 중국 사상이 꽃을 피운 춘추시대 이전까지 중국의 사상은 삼경(三經)에서 비롯합니다. 삼경은 『역경』, 『서경』, 『시경』입니다.

중국 고대 왕은 하늘이 낳은 존재입니다. 하늘과 땅을 관통하는 사람이며 하늘로부터 위임받은 통치자입니다. 그래서 천자(天子)라 불렸습니다. 천자가 비가 온다고 하면 비가 와야 했습니다. 그래서 무당의 역할이 중요했습니다. 그런데 무당마다 내놓은 답이 다르고 정답이 없더라는 겁니다. 그래서 만든 매뉴얼이 『역경』입니다. 다시 말해 역경은 왕의 다스림, 점괘설명서가 정치이념이 된 책입니다.

『서경』은 역사서입니다. 신뢰성이 떨어지는 점괘를 벗어나 과거 역사를 통해 현재와 미래를 예측하는 역사 기록물입니다. 순자가 특히 서경을 강조했는데 '과거에 이래저래 했으니까 미래에 이렇게 된다' 는 주장을 증명하기 위해 활용했던 책입니다. '과거는 현재를 위해 미래를 위해 존재하는 것이다. 과거가 현재나 미래에 답을 주지 않는다면 과거는 의미 없다.'

마지막으로 『시경』은 민간 가요집입니다. 공자가 편찬합니다. 사람은 마음을 노래로 대변하는 경향이 있습니다. 유행가는 공통된 백성의 소리입니다. 고대 중국은 민간가요에 권위를 부여합니다. 역경인 신권과 서경의 왕권의 한계를 인정하고 입체적으로 백성의 소리를 듣기 위해 지방을 돌며 민간가요를 정리한 책입니다. 공자는 자신의 주장에 힘을 더하기 위해 백성의 목소리인 '시(詩)' 를 자주 인용합니다.

공자는 도낏자루를 예로 들며 군자의 도를 설명합니다. 농사짓고 나무를 베어 난방하고 음식을 먹던 옛 사회에 도끼는 매우 중요한 도구였습니다. 도낏자루는 원심력 때문에 종종 도끼와 분리됩니다. 그러면 도낏자루를 새로 깎아 끼워야 합니다. 그때 도끼의 구멍 크기에 도낏자루의 굵기를 맞춰서 만들어야 합니다. 도낏자루를 만드는 원리는 내 도낏자루 자체에 있습니다.

군자는 사람 안에서 사람을 대합니다. 신이나 하늘에 의존하여 또는 관념으로 사람을 대해선 안 됩니다. 10장에서 의를 물으면 바로 행동해야 하는지 묻는 염구와 자로의 이야기를 했습니다. 공자는 염구에게는 바로 행동해야 한다고 했고 자로에게는 바로 행동하지 말라고 상반된 대답을 합니다. 사람은 보편적이지 않습니다. 사람마다 생각이 다르고 기질도 다릅니다. 의(義)가 무엇이라고 보편적으로 설명할 수는 있지만 누구에게나 적용되는 말이 아닙니다. 그 도끼에 맞는 도낏자루는 그것밖에 없습니다. 군자는 철저히 상대방과 공감되는 눈높이로 공감하는 사람입니다.

공자는 상대방이 스스로 깨달아 고칠 수 있도록 인도만 할 뿐 가르쳐 다스리지 말라고 합니다. 법적 제도, 윤리적 제도, 자기 경험과 우월성으로 인간을 규제하지 말라 합니다. 상대방 스스로 각성하도록 경청하라고 합니다. 나의 마음을 타인의 마음에 이입하여 공감하라고 합니다. 공자는 이런 공감능력을 어짊(仁)이라고 보았습니다. 상대방 입장에서 생각하고 공감할 때 어짊이 나타납니다. 어짊이 바로 도(道)입니다. 어짊을 실천할 때도 '자기 자신에게 먼저 베푼 후에 원하지 않는 것이라면 남에게도 베풀지 말라'를 당부합니다. 퇴계 이황의 『성학십도』 「인설도」에도 나오는 내용으로 우주의 사랑이 인간에게 적용되는 것이 바로 서(恕)라고 합니다.

제가 25년 전 선이라며 베푼 봉사는 어린 친구의 입장을 전혀 고려하지 않은 악함입니다. 내가 좋아하는 것을 상대방도 좋아한다는 보장이 없습니다. 내 기준의 선(善)이 있어서는 안 됩니다. 3년 전쯤에 방영된 〈도깨비〉라는 드라마가 떠오릅니다. 병에 걸려 죽어가던 왕은 이제 갓난아이였던 이복동생에게 유언을 남깁니다. '돌보지 않음으로 돌보았으며 사랑하지 않음으로 사랑했다.'

일본은 낙후한 조선을 발전시켜준다는 명분으로 36년을 강점했습니다. 자기중심적인 선의 결과입니다. 상대방을 고려하지 않은 자기합리화입니다. 선을 베풀려고 하지 않는 게 어짐입니다. 니체의 '연민(동정)을 베풀지 말라' 는 말과 유사합니다.

공자는 부부관계 이외에 네 가지 관계 중에 제대로 실천한 게 없다고 고백합니다. 인간관계에 있어 중요한 것은 평범함에 대한 조심입니다. 무심코 뱉어버린 말 한마디 행동 하나가 상대방에게 상처가되고 악이 됩니다. 공자는 부자관계, 군신관계, 장유(長幼)관계, 친구관계를 돌이켜보니 그렇지 못했다고 고백합니다. 관계를 반성하며 부족한 점이 있으면 고치고 잘한 것이 있더라도 절제하고 잘난 체하지 말아야 한다고 다짐합니다. 자기가 다짐한 말은 행동하고 행동한후에는 다시 다짐을 돌이켜 반성해야 한다고 합니다. 그것을 '성찰'이라고 부릅니다. 군자는 말과 행동이 일치하고 진실해야 합니다.

말은 말 자체로 존재하는 게 아니라 행동이 함께해야 존재합니다. 익숙한 단어 '언행일치'를 뜻하는 게 아닙니다. 말을 하고 행동하고, 행동하고 말을 하는 반성의 순환(성찰)을 뜻합니다. 어리석은 말을 한 뒤에 지켜야 한다며 행동으로 옮기는 것처럼 바보스런 일은 없습니다. 말도 진실해야 하며 행동도 진실해야 합니다. 언행은 일치하는 게 아니라 순환하는 겁니다. 공자는 진심을 담아 말과 행동을 돌아보기를 지적합니다.

중용 14장

남 탓하지 마라

●

군자는 자기 지위에 합당한 행동을 하고, 그 이상을 욕심내지 않는다. 부귀하면 부귀함에 맞게 도를 실천하고, 가난하면 가난함에 맞는 도를 실천하고, 오랑캐와 함께 생활하게 되면 오랑캐 문화에 어울려 행동하며, 어려운 상황에 처하면 어려움에 합당한 행동을 하라. 군자는 가는 곳마다 상황에 맞게 도를 행한다. 윗자리에 있을 때는 아랫사람을 깔보지 않고 아랫자리에 있을 때는 윗사람을 끌어내리지 않는다. 자기 자신을 바르게 할 뿐 타인에게 원인을 찾지 않는다. 그러므로 원망이 없다. 위로는 하늘을 원망하지 않고 아래로는 사람을 힐책하지 않는다.

군자는 평범한 삶에서 하늘의 결과를 기다리고 소인은 위험한 모험을 하면서 하늘에게 요행을 바란다.

공자가 말했다.

"활쏘기는 군자의 인성과 유사하다. 활을 쏘아 과녁을 벗어나면 자기한테 그 이유를 찾는다."

부부관계가 원활하면 인간관계의 모든 것이 원활해지니 가족의 화목을 우선하라고 했습니다. 13장에는 긍정적인 인간관계를 원한 다면 어떻게 행동해야 하는지 구체적으로 설명합니다. 상대방에게 진심으로 다가가되, 내가 싫어하는 것은 남도 싫어하니 남에게 시키지 말아야 합니다. 조언하지 말고 듣기만 하여 상대방이 스스로 깨달을 수 있도록 인도해야 합니다. 평범한 말 한마디와 행동 하나도 조심해야 합니다. 말을 하면 행동하고 행동하면 말을 하는 순환과정이 도입니다. 도는 거창한 그 무엇이 아니라 현실이며 지금입니다. 도를 실현한다는 것은 거창하게 세상에 구현한다는 게 아닙니다.

군자는 자신이 속한 공동체에서 주어진 직위에 맞게 합당한 일을 해야 합니다. 14장은 자리의 중요성을 수차례 강조합니다. 돈이 많으면 많은 데로, 가난하면 가난한 데로, 힘겨우면 힘겨운 데로, 높은 직책에 있으면 그 직책에 맞도록, 누구를 모셔야 할 자리에 있다면 그에 맞도록 행동하라고 합니다. 이것이 오륜의 '군신유의(君臣有義)' 입니다. 윗사람은 아랫사람에게 아랫사람은 윗사람에게 서로 정의를 구현하라는 말입니다. 자신이 처한 위치를 잃어버려서는 안 됩니다. 대통령은 왕이 아닙니다. 국민의 대표자일 뿐입니다. 권력자가 아닙니다. 독재자는 결단코 안 됩니다. 참모는 복종하는 자리가 아닙니다. 대통령이 중심을 잃지 않도록 잡아주는 역할을 해야 합니다. 시민은 대통령을 독재자로 만들어선 안 됩니다. 권력에 위축돼서는 안 됩니다. 시민은 의심하고 감시하고 비판해야 합니다. 시민의 역할입니다. '군신유의' 정의를 실현하는 방향입니다.

고대 아테네에 테미스토클레스라는 인물이 있었습니다. 영화 〈300:제국의 부활〉에 주인공으로 등장하는 인물로 페르시아 제국과 그리스의 폴리스 협의체 간의 전쟁에서 그리스를 지켜낸 국민 영웅입니다. 세계 4대 해전으로 불리는 살라미스 해전의 승리가 결정적이었습니다. 임진왜란 때 한산도대첩이 세계 4대 해전에 포함됩니다. 고대 아테네는 왕을 인정하지 않던 부족 도시입니다. 아테네 시민은 국민 영웅 테미스토클레스가 독재자가 될까 우려하여 도편추방제를 통해 아테네에서 추방해버립니다. 도편추방제는 아테네만 있었던 국민 투표입니다. 적국 페르시아에 빌붙을 확률이 높은 반역자를 골라내는 역할이 주된 기능이지만, 한편으로는 왕이 될 가능성이 농후한 사람을 찾아내는 방법이었습니다. 도자기 파편 안쪽에 이름을 기재하는 방식으로 투표하여 많은 이름이 적힌 사람은 10년간 아테네에서 추방을 당합니다. 그가 다시 돌아올 즈음 권력과 인기는 사라졌을 확률이 높습니다. 아테네는 이런 식으로 왕이 탄생하지 못하게 법제화했습니다.

테미스토클레스는 도편 추방당하여 외국을 떠돌게 됩니다. 그러던 중에 아이러니하게도 철천지원수인 페르시아 왕이 스카우트 제의를 합니다. 그는 망설임 없이 페르시아로 갑니다. 페르시아 재상은 테미스토클레스가 왕을 만나기 전에 충고를 합니다.

"이방인이여, 사람들의 관심은 서로 다른 법이오, 옳고 그른 것은 나라마다 달라 자신들의 관습도 서로 다른 법이요. 옳고 그른 것은 나라마다 달라도 자신들의 관습을 존중하고 보존하는 것은 누구나 다 옳다고 생각하오. 그리스인들은 자유와 평등을 가장 높이 평가한다고 들었소. 그러나 우리는 왕을 존중하고 만물을 보존해주시는 신의 화신으로 왕 앞에 부복하는 것을 우리의 훌륭한 관습 중에서도 가장 훌륭하다고 생각하오. 우리의 이런 관습을 인정하고 왕 앞에 부복하겠다면 그대는 왕을 만날 수 있소. 그러나 생각이 다르다면 왕을 만나는 것을 허락할 수 없소."

아테네는 왕을 인정하지 않는 도시 부족입니다. 반면에 페르시아에서 왕은 신입니다. 재상은 테미스토클레스에게 페르시아에 정착하기 위해서는 페르시아 법을 따르기를 충고합니다. 테미스토클레스는 답변합니다.

"재상이여, 내가 이리로 온 것은 왕의 명성과 권세를 늘려주기 위해서요. 그렇게 하는 것이 페르시아인들의 명예를 높여주려는 신의 뜻이라면 나는 그대들의 관습에 따를 뿐만 아니라 왕에게 부복하는 자들의 수를 더 늘이겠소.”

테미스토클레스는 적국인 페르시아의 관습에 따르겠다고 말합니다. 이런 자세는 아테네의 입장에서 살길을 도모하는 배신자로 비칠수도 있겠지만, 타국의 문화에 대한 긍정적인 자세에서 비롯되었다고 할 수도 있겠습니다.

인기 있는 정치가는 독재자가 될 확률이 높습니다. 인간은 연약하여 권력을 얻으면 교만해질 수 있습니다. 아테네처럼 국민 위에 군림하지 못하게 제도로 만드는 것도 한 가지 방법일지 모릅니다. 권력자가 될 가능성이 높은 사선 국회의원은 이후로 더 이상 국회에 출마하지 못하게 법제화하는 것도 좋겠다는 생각이 듭니다. 군자가된다는 게 결코 쉽지 않습니다.

군자는 오랑캐 문화에 거할 때는 오랑캐 문화를 인정하는 사람입니다. 문화 상대주의라고 합니다. 극단적인 예시지만, 여름이면 자주 개고기 갈등이 등장합니다. 물론 한국 내에서도 언제 긍정적으로 협의될지 모를 일입니다. 그런데 한국의 개고기문화를 외국인들이 혐오하고 야만국이라고 단정하는 뉴스를 접하곤 합니다. 천박한 문화상대주의인지 모릅니다. 나는 개를 좋아하지만 타인은 진절머리나게 싫어할 수도 있다는 것을 인정해야 합니다. 개가 가족일 수도 있지만 식품일 수도 있습니다. 상대방 문화와 사고는 서로 존중돼야 합니다. 쌍방 존중에서 합의가 가능합니다.

군자는 자신의 자리에 맞게 합당한 일을 해야 합니다. 그리고 책임은 자신에게 있음을 잊지 않습니다. 문제가 생기면 실무자 책임으로 떠넘기며 자신은 잘못한 게 없다고 부인하는 경우가 많습니다. 올바른 책임자는 아랫사람 때문에 자신이 억울하게 됐다고 변명하지 않습니다. 군자는 평범한 공동체 생활 중에도 옳음을 잊지 않습니다. 소인은 요행히 자신의 책임이 비껴가기를 바랄 뿐 책임지려 하지 않습니다.

공자는 원하지 않은 일이 발생하면 자신에게 이유를 찾아야 한다고 말합니다. 내가 책임을 져야 합니다. 그게 군자의 모습입니다. 세월호 사건은 실무자인 선장만의 잘못이 아닙니다. 그 자리에 관련된 모두가 책임을 져야 합니다. 군자는 없고 소인만 득세하니 수년이 지난 지금도 불편한 겁니다.

공자와 니체는 인간을 중심으로 합니다. '인간 삶은 당대로 끝난다. 인간은 불멸한 존재가 아니다. 내가 죽으면 하나님도 죽는다. 그러므로 내 삶은 내가 책임져야 한다'고 말합니다.

하늘의 명령 그 자체를 내 몸에 구현해야 한다는 말입니다. 사후에 복을 받기 위해 책임 회피용으로 하늘을 이용하지 말라고 합니다. 널리 인간을 이롭게 하는 일은 인간이기 때문에 하는 일입니다. 신에게 인정받기 위해 하는 일이라는 어리석은 생각을 버려야 합니다.

가족부터 시작하라

군자의 도를 비유하자면, 멀리 가려면 반드시 가까운 데부터 걸어가야 하며, 높은 곳을 오르려면 반드시 낮은 곳부터 시작해야 하는 것과 같다.

시(詩)에 따르면 "현악기인 비파와 거문고가 서로 화합하듯 아내와 자식과 마음이 맞도록 화합하라. 형과 동생도 한마음이 되면 화평하고 즐거워짐이 끝이 없다. 온 가족을 평온하게 하라. 그리하면 아내와 자식들이 즐거울 것이다."라고 했으며, 공자는 이 시에 대해서 말했다.

"부모가 물려준 가정을 순탄하고 평화롭게 하니 부모님의 마음이 편안하리라!"

'효'라는 키워드가 등장하면 생각이 많아집니다. 유학의 효는 부모에 대한 공경의 마음에서 비롯됩니다. 현생은 물론이고 죽은 조상에게까지 효를 강요합니다. 효는 동서고금 어디서나 인류의 당연한 덕목임은 틀림없습니다. 그러나 서양은 효 교육을 하지 않습니다.

그럼에도 그들은 효를 행합니다. 한국은 시시때때로 효를 강조하여 효를 행합니다. 서양이나 한국이나 행함에는 차이가 없습니다. 한국의 효가 서양의 효와 특히 다를 바 없습니다. 한국만의 전통문화가 아닙니다.

그럼에도 한국 유학은 현대 자본주의 사회로 진화하면서 효가 사라졌다며 난리법석을 떨며 '효 교육'을 더 공고히 해야 한다고 명심보감을 읽고 소학을 공부해야 한다고 야단입니다.

공자에게 제자가 찾아와 효가 무엇인가 물어봅니다.

"네가 안 아픈 게 효다."

어느 날 다른 제자가 효가 무엇인지 물어봅니다.

"물질적 봉양은 개나 소나 다하는 일이다. 공경하는 마음을 가져라."

또 어느 날 공부 좀 한다는 제자가 물어봅니다.

"네 안색을 조심하는 게 효다."

매일 아파서 얼굴빛은 어둡고, 장사한다고 돈 번다고 잊고 지내다 어버이날이나 생일날 찾아와서 용돈 두둑하게 챙겨주고는 바로 사라지고, 공부 좀 한다고 똥상하고 있으면 효가 아니라고 공자가 답변한 겁니다.

또 다른 일화가 있습니다.

공자가 어떤 마을에 효자가 산다는 집으로 간 적이 있습니다. 효자의 아버지는 매일 술독에 빠져 큰소리치며 폭력을 휘두르는 양아치였습니다. 그래도 아들은 웃는 얼굴로 아버지를 봉양하고 끼니 챙겨주기를 주저하지 않아 효자로 알려집니다. 그러나 공자는 오히려 효자를 질책합니다.

"네가 아버지를 망쳤다. 그것은 효가 아니다. 아버지의 잘못을 묵인하고 참는 게 효가 아니라 잘못된 것을 지적하여 올바른 길로 돌아서게 하는 게 효다"라고 했습니다.

효는 정해진 것이 아니므로 시대에 따라 효를 달리 해석해야 합니다. 사제관계와 신하관계도 재해석해야 합니다. 효의 시작은 부모를 무조건 공경함에서 시작합니다. 어린 사람은 나이 많은 윗사람을 모시고 공경해야 합니다. 제자는 스승의 그림자도 밟아서는 안 됩니다. 신하는 무조건 왕에게 충성해야 합니다. 정리하자면 효는 절대 군주에게 무조건적으로 공경하고 충성해야 한다는 의미를 내포하고 있습니다. 잘못된 효의 가르침입니다. 조선이라는 나라를 쿠데타로 차지한 이성계는 왕이 될 명분을 만들기 위해 유학 아니 정확하게는 성리학을 이용한 겁니다. 낮은 사람은 윗사람을 공경하고 복종해야 한다는 논리와 부합되었기 때문입니다. 유학의 집대성자인 공자는 그런 식의 해석을 원하지 않았습니다. 부모를 공경하는 것도 효지만 부모의 잘못을 지적하는 것도 효의 한 형태입니다. 왕의 잘못을 따져 물은 신하는 비록 살해당해 육신은 사라졌지만, 후세에 길이 남아 전해지는 이유는 효의 바른 가치를 실천했기 때문입니다.

효라는 한자를 재해석해 봅니다.

효(孝)는 늙을 로(老) + 아들 자(子)의 합성어입니다. 효(孝)라는 한자를 보면 늙은이가 위에 있고 아들이 떠받들고 있는 형상이므로 공경해야 한다고 생각하는 경향이 있습니다. 이제 해석을 달리해야 합니다.

효(孝)라는 한자는 늙은이(老)가 아들(子)을 잡아 위로 끌어주는 형상입니다. 내리사랑은 있으나 치사랑은 없다는 말이 있습니다. 부모는 죽을 때까지 자식을 위해 내리사랑을 하지만 자식은 죽을 때까지 치사랑하지 못합니다. 효란 내가 부모로부터 받은 내리사랑을 내 자식에게 내리사랑으로 보답하는 일입니다. 그게 효입니다. 자식도 부모가 이끌어 올려주지 않고 존중하지 않으면 부모의 잘못을 지적해야 합니다. 스승이 잘못되었다면 제자가 지적해야 합니다. 왕이 잘못했다면 신하가 지적해야 합니다. 대통령이 잘못했다면 시민들이 그 잘못을 질책하는 게 바로 효입니다. 효는 무조건적인 복종이 아닙니다.

모든 관계는 반드시 상대적입니다. 일방적인 관계는 존재하지 않습니다. '첫사랑'은 아름다운 사랑이 아니라 집착입니다. 부모가 자녀를 사랑하는 것을 자애라고 합니다. 상대적으로 자녀가 부모를 사랑하는 것을 효라고 부릅니다. 부모가 자애하지 않으면서 효를 강요할 수 없습니다. 어른이 아이를 공경하지 않으면서 아이로부터 공경 받으려고만 합니까?

젊은 세대는 동양 고전을 고리타분해합니다. 시대가 변하는데도 불구하고 옛것을 버리고 재해석하려 하지 않기 때문에 외면 받는 겁니다. 구시대적인 동양 철학을 버리고 서양 철학에 열광하며 한국의 정신을 잃어버리고 있습니다. 이제는 우리 전통을 지킨다며 유학을 더욱 공고히 할 것이 아니라 형식에 치우친 성리학적 틀을 재해석해야 합니다. 원래 성리학은 일방적인 관계를 요구하지 않는 정치학문입니다.

조선시대 양난 이후 정치인들의 논리는 그대로 현대 한국사회에 적폐로 남아있습니다. 유학은 명분을 중요하게 여기는 정치이념입니다. 특히 '왕'의 정통성 유지가 중요합니다. 선조가 한양을 버리고 의주에 도착해 이마저도 위태롭다 판단되자, 명나라 황제에게 '조선의 모든 땅이 다 명나라 황제의 것이다'며 종묘사직을 건사하게 해준다면 조선을 다 갖다 바치겠다며 비굴하고 추접한 행동을 합니다. 왜 그런 말도 안 되고 이해도 안 되는 일이 벌어졌을까요? 임진왜란이 끝난 후 선조의 어이없는 사대주의적 발상을 기억해야 합니다.

선조실록 34년에 아래의 글이 적혀 있습니다.

"이번 왜란에 적을 평정한 것은 오직 중국 군대의 힘이었다. 우리 장수들은 중국 군대의 뒤를 따르거나 혹은 요행히 패잔병의 머리를 얻었을 뿐 일찍이 제힘으론 한 명의 적병을 베거나 하나의 적진도 함락하지 못했다. 그중에서 이순신과 원균 두 장수는 바다에서 적도를 섬멸했고 권율은 행주에서 승첩을 거두어 약간은 나은 편이다. 중국 군대가 나오게 된 연유를 말하자면 나를 호위하며 따랐던 여러 신하가 어려운 길에 위험을 무릅쓰고 나를 위해 의주로 가서 중국에 호소했기 때문이다. 그 덕에 왜적을 토벌하게 되었고 국토를 회복하게 된 것이다."

이런 말을 하며 공적 발표에 내시를 24명이나 포함합니다. 정작 나라를 지킨 벼슬 없는 선비들, 의병 곽재우, 김면, 조헌, 김천일, 정문부 등 그 누구도 공신의 목록에 들어간 사람이 없습니다. 어이없는 결과 발표에 어떤 정치인도 반박하지 않았습니다. 실망한 백성은 투쟁의지를 버리고 의병활동을 접습니다. 정유재란은 명군의 지도 하에 조선 관군이 따르는 전쟁으로 끝나게 됩니다. 이때부터 백성은 양반이라 호기롭게 외치는 정치인을 믿지 않게 됩니다.

인조 때는 병자호란을 겪게 됩니다. 남한산성으로 도피한 인조는 전국 각지의 선비들에게 파발을 보내 자신을 구해줄 의병결성을 명령합니다. 과거 임진왜란에서 학습한 경험이 있는데 백성들이 자발적으로 움직일 리 만무합니다. 결국 인조는 고립된 채 47일 만에 배고픔에 지쳐 항복하게 됩니다. 인조와 정치인들은 그들이 받은 수치심을 백성에게 전가시킵니다.

"임금이 수치를 당했는데 아무도 도와주러 오지 않다니, 아! 나라의 근본이 어지러워 기강이 무너졌구나!"

인조는 자신이 당한 수모를 일반 백성에게 전가하여 일방적인 관계를 요구하는 삼강을 강조하며 가장 으뜸의 원리로 '군위신강'을 앞세워 '충'을 강요하기 시작합니다. 한자 강(綱)은 '뼈대가 되는 줄기'를 의미합니다. 즉 임금은 신하의 뼈대가 되는 줄기다. 임금은 신

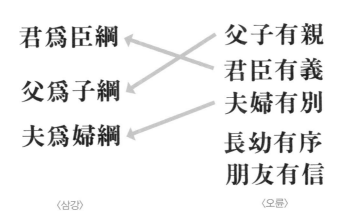

〈삼강〉   〈오륜〉

오륜의 두 번째 순서인 군신유의가 삼강의 첫 번째 으뜸이 된다. 임금과 신하의 '의(義)'는 임금이 신하의 근본이라는 '강(綱)'이 된다.

하의 근본이다. 일방적 '충'을 강요합니다. 마찬가지로 '부위자강'에 부모는 자식의 근본이라며 일방적 '효'를 강요하고, '부위부강'에 남자는 여자의 근본이므로 칠거지악을 기준으로 사회윤리가 형성됩니다. 양난을 겪은 후 정치인들은 자신들의 잘못을 백성에게 전가하여 빗나간 예절교육을 바로잡기 위해 『소학』 보급에 열을 올립니다.

삼강은 공맹사상과 완전히 다른 내용을 담고 있습니다. 삼강은 중국 한나라 때 동중서가 체계화시킨 사상이었습니다. 공자와 맹자의 수평적이고 쌍무적인 윤리를 수직적이고 권위적이고 일방적인 윤리로 바꿔버렸습니다. 삼강이 전제정치에 효과적인 사상이기 때문입니다. 오늘날에도 많은 사람이 유교의 가르침하면 삼강을 먼저 떠올립니다. 조선시대 '삼강행실도'가 편찬되고 '칠거지악'이란 말이 만들어집니다. 사회에 널리 알려진 이런 현상에 유학이라면 대단히 권위적이고 수직적이라 여깁니다. 그것은 공맹의 사상이 아닙니다. 원래 유학이 아닙니다. 후기 조선 성리학자들이 1000년이 넘은 동중서의 삼강을 기막히게 차용하여 이용한 것입니다. 그러므로 조선 중·후기 성리학은 왜곡된 사상의 한 부류일 뿐입니다. 이제 삼강과 오륜은 반드시 분리해서 바라보고 달리 해석해야 합니다.

현대 한국사회도 이와 다를 바 없습니다. 학교에서 학생이 선생을 봤음에도 인사하지 않는 장면을 목격하면 교수회의에서 요즘 애들 가정교육이 문제라고 지적합니다. 무너진 교권을 바로 잡아야 한다 며 아이들 인성교육을 위해 명심보감을 가르치고 소학을 가르쳐야 한다고 열변을 토합니다. 인조 이후 조선시대와 별반 차이가 없습니다. 스승이 먼저 웃으며 학생들에게 인사하면 학생들은 따르게 됩니다. 왜 먼저 인사하지 않고 인사를 받으려고만 할까요? 갑의 위치에 있는 자는 을의 위치에 있는 자로부터 존경과 충성을 받아야 한다는 변질된 성리학의 영향일 겁니다. 인간관계는 일방적 요구가 아니라 상호적이어야 합니다.

중용은 멀리 가려면 가까운 곳부터 시작한다고 말합니다. 첫 발걸음을 어떻게 두느냐에 따라 먼 곳이 달라집니다. 자식이 복종하는 효가 아니라 부모가 자식에게 내려주는 게 효입니다. 효는 자식의 몫이 아니라 부모의 몫이기 때문입니다. 부모가 올바르게 내려준 선업을 잘 계승하여 자식에게 올바르게 내려주는 것 그것이 바로 효입니다. 그런 효가 발동할 때 가정은 순탄하고 평안해집니다. 가정의 평화로운 조화에서 널리 인간을 이롭게 하는 정신이 시작됩니다.

중용 16장

삼강오륜(五倫)을 버리고 새롭게 써라

공자가 말했다.

"귀신의 존재는 참으로 크고 가득하구나. 귀신은 보려고 해도 보이지 않고 들으려고 해도 들리지 않지만 모든 사물 어느 하나 빠뜨리지 않고 구체적인 형태로 실현시킨다. 천하 사람들로 하여금 목욕재계하고 옷을 잘 갖춰 입고서 제사를 받들게 한다. 자 보라! 귀신이 사방에 넘실넘실 넘친다. 저 위에도 있고 좌우에도 있다.

시(詩)에 '신이여 오시옵소서. 그 모습을 헤아릴 수 없으니 어찌 감히 몸가짐을 나태하게 할 수 있나이까!' 라고 쓰여 있다.

귀신은 숨어 있지만 너무도 잘 드러나듯이, 만물을 하나도 빠뜨리지 않는 생성의 성(誠)도 귀신처럼 진실함을 가릴 수가 없구나."

귀신이 유령을 뜻하지 않는다는 것을 눈치챘을 것입니다. 귀신은 음양의 생성원리를 말합니다. 우리에게 익숙한 단어로 표현하자면 기(氣)입니다. 16장은 기의 근원인 음양원리를 설명합니다.

음양은 디지털의 흑백논리가 아닙니다. 남자와 여자, 밤과 낮, 더위와 추위 식으로 나누는 게 아닙니다. 잘못 설명된 예입니다. 음양을 설명하려고 상대적인 대상을 흑백논리로 설명해 버립니다. 봄·여름·가을·겨울을 흑백논리로 설명할 수 없습니다. 여름이 양이고 겨울이 음이면 봄은 무엇이고 가을은 무엇이 되나요? 0과 1의 과학기술시대가 만들어낸 흑백논리가 본질을 흐린 겁니다. 세상은 모두 아날로그의 흐름 중에 있습니다. 그게 본질입니다. 1초와 2초가 정확히 구분되는 게 아닙니다. 1초가 흘러 2초가 되는 겁니다. 음양은 흐름입니다.

음양은 고정된 것이 아니라 움직입니다. 어느 지점에도 같은 것이 없습니다. 끝없이 살아 움직입니다. 흑백논리는 안정적이고 고정적이므로 편안합니다. 하지만 우리 주변의 모든 것은 고정불변이 아니라 끝없이 움직입니다. 과학의 시대 무엇이든 확정하려 들고 고정화시키고 안정화시키려고만 하니 삶에 불편을 느끼며 '권태'를 느끼는 겁니다. 세상은 아날로그의 흐름이지만 성공이라는 표준화를 만들어 디지털화하고 있으니 삶이 고독하고 불안정한 겁니다.

음양은 태극의 흐름입니다. 음과 양을 구분하지 않습니다. 양의 끝없는 확산과 응축의 반복적 흐름을 뜻합니다. 상대적으로 음의 끝없는 확산과 응축의 반복적 흐름을 뜻합니다. 양이 확산되는 쪽으로 흘러가서 최고조에 다다르면 여름이 되고 이윽고 서서히 힘을 잃게 되고, 상대적으로 음이 서서히 확산하여 최고조에 다다르면 겨울이 되는 겁니다.

양은 확산하려는 기질이 있고 음은 응축하려는 기질이 있습니다. 확산은 열매를 맺는 과정이며 응축은 씨앗을 만드는 과정입니다. 보이지도 않는데 들리지도 않는데 열매를 맺고 씨앗을 만들게 합니다. 그러니 귀신 즉 음양은 기이한(鬼) 존재이며 만물을 생성하는 신(神)이 되는 겁니다. 그래서 천지에 기가 아닌 것은 없는 겁니다.

예수가 부활한 후에 성령이 세상에 머물고, 똥바가지에 부처가 있듯, 음양이 이 세상을 존재케 하는 신인 겁니다. 만물은 확산과 응축이라는 진리에서 벗어나지 못합니다. 음양은 응축과 생성을 영원히 반복하며 존재하니 신인 겁니다.

남자의 반대가 여자가 아니라 남자와 여자가 함께 존재하는 겁니다. 대립하는 존재인 남자와 여자가 결혼하면 둘과 똑같지 않은 새로운 창조물인 '자식'이 만들어집니다. 양과 음은 서로 부딪치고 대립하여 화합하며 새로운 창조물을 만들어냅니다. 이게 태극의 원리입니다. 끝없는 확산과 응축의 대립을 통해 끝없이 창조물을 만들어내고 소멸시키는 게 태극의 원리이며 음양입니다. 그러니 어찌 진실한 존재가 아니겠습니까? 세상은 영원히 변한다는 것이 음양이며 그

변화의 힘이 오행에서 오는 것이라고 주장하는 게 음양오행설입니다. 세상은 양과 음의 흐름 속에 변화의 필연성을 가져다줍니다.

 2018년 12월에 보도된 재미있는 인터넷 뉴스가 기억납니다. 대학교에서 선후배 상관없이 'OO씨'라고 부르기 시작했다는 이야기였습니다. 아마 대다수 선배들 입장에서는 굉장히 불편한 문화일 겁니다. 2018년 초반에는 페미니즘이 사회에 크게 영향을 미쳐 연말에는 수직적 문화에서 수평적 문화로 관심도가 기울기 시작했습니다. 근래에 한국사회에 일어나는 일련의 사건들에서 과거의 수직적 관계 중심이 수평적 관계를 지향하여 변하고 있음을 알아챕니다.

 저는 예능프로그램을 자주 시청합니다. 민중의 삶을 발 빠르게 읽고 담아내야 하는 게 예능이라는 프로그램의 특징입니다. 일반인들이 대체로 공감하는 예능은 살아남지만 그렇지 못한 예능은 이내 사라지고 맙니다. 따라서 예능은 일반인들의 현재 삶을 투영하는 지표라고 생각합니다. 뉴스는 사건의 결과를 가지고 분석하고 논증합니다. 과거 지향적입니다. 예능은 현재 상황을 이해하고 미래를 예측해야 성공합니다. 현재 지향적입니다. 저는 종종 예능에서 삶을 이해하고 사회문화를 발견합니다. 〈아는 형님〉이라는 케이블TV 프로그램이 있습니다. 규칙은 하나입니다. 매회 바뀌는 출연진과 고정 출연진 간에 나이 차를 상관하지 않고 반말을 하는 겁니다. 남녀노

소를 불문하고 존댓말은 없습니다. 서로 반대말을 한다는 것은 친밀한 수평적 관계를 원한다는 의미를 담습니다. 이처럼 음양의 흐름이 필연적이듯 사회변화 또한 필연적입니다. 변화 없이 지속되는 것은 없습니다.

오륜(五倫)의 경우도 마찬가지입니다. 우리가 알고 있는 일반적인 오륜의 간략한 해석입니다.

父子有親	아버지와 자식은 친밀해야 한다. • 아빠는 아이교육에 간섭마라.
君臣有義	임금과 신하는 의리를 지켜야 한다.
夫婦有別	부부는 각기 역할이 다르다. • 성 역할
長幼有序	어른과 아이는 순서가 있다. • 어른 먼저
朋友有信	친구끼리는 믿음을 지켜라. • 관포지교

위 경우는 성리학에서 해석하는 오륜입니다. 그렇다면 원시유학(공맹학)에서 오륜도 같은 의미였을까요? 아마 다를 겁니다.

흑인 여성 최초로 퓰리처상을 수상한 앨리스 워커의 대표작은 『그레인지 코플랜드의 세 번째 인생』입니다. 이 책은 1920년대 미국 남부 조지아주에서 백인들의 목화밭을 일구며 노예처럼 살던 흑인 소작농 그레인지 코플랜드의 삼대 이야기입니다. 한국의 『토지』쯤 생각하면 됩니다.

"애들 아버지는 이 근처에서 일하나요?"
그는 타이어를 열심히 굴리고 있는 세 아이들을 가리키며 물었다.
"그게 말이다. 아이 아빠 하나는 전쟁에서 죽었지. 기껏 베넷 요새까지 가서 말이다. 다른 아이 아빠는 저기 길가 아랫집에 사는 여자랑 결혼했고, 너도 까치발로 서 보면 그 집 지붕이 보일 게야. 녹색 비스무리한 색깔이지. 난 그 집 여편네가 내 새 남편 구하는 걸 거드는 줄 알았는데, 정작 그 년이 자기 남편감을 구하고 있었던 거지 뭐니. 그래도 우린 여전히 친구란다. 또 다른 아이 아빠는 관습법으로 보자면 내 마지막 남편이지. 지금 죽고 없어. 도살한 돼지의 곱창을 훔쳐갔다고 일터의 주인 노인네가 총으로 쏴 죽였거든."

한 여자가 세 아이를 키우고 있는데 아빠가 모두 다릅니다. 아마 고대 중국도 이와 비슷했을 겁니다. 남자는 전쟁에 참전해 죽기 일쑤고 여자 혼자 아이를 키우기 힘든 생활 때문에, 아이들마저 복잡한 가족 관계로 얽혀 있었을 겁니다.
고대 중국에서 부부유별은 달리 쓰였는데, 한 가족 내에서 부부 윤

145

리가 아니라 가족과 가족 간에 부부 윤리입니다.

'장유유서'도 마찬가지입니다. 성리학에서 장유유서는 수직적 관계 중심 측면에서 윗사람에 대한 공경의 의미를 담지만 원시유학에서는 의미가 전혀 다릅니다. 만약, 독서 동아리를 만든다고 가정해 봅니다. 틀림없이 회장이나 총무 선출부터 시작할 겁니다. 그렇다면 회장이나 총무의 선출을 어떻게 해야 다툼이 덜 할까요? 아마 대개의 경우 나이 많은 사람이 회장이 되고 나이가 가장 적은 사람이 총무가 될 겁니다. 이런 경우에 모두의 만족도가 높습니다.

한국사회는 커다란 변화를 겪고 있습니다. 따라서 원시유학의 오륜과 다르고 성리학의 오륜과 달라야 합니다. 시대를 반영한 오륜으로 재해석해야 합니다.

父子有親	부모와 자식은 가장 친밀하니 가장 안전하다. 또는 효율이 좋다.
君臣有義	패권을 가진 부족과 협력하는 부쪽끼리 서로 의리를 지키자.
夫婦有別	너희 집 부부와 우리 집 부부를 구별하라.
長幼有序	능력보다는 나이 순을 우선하면 다툼의 요인이 적어진다.
朋友有信	이웃 부족끼리는 믿음이 있어야 약탈하지 않는다.

원시유학에서의 오륜

父子有親	부모와 자식은 친밀해야 한다.
	• 모든 관계의 시작은 가족이다.
	• 가족의 무너짐이 사회의 무너짐

君臣有義
조직 내에 리더와 구성원간에는 정의가 있어야 한다.
• 정의 앞에 평등해야 한다.
• 잘못을 눈감지 말라는 뜻이다.

夫婦有別
남녀의 차이를 인정 하라.
• 성 역할의 구분이 아니다.
• 양성평등(패미니즘)을 의미한다.

長幼有序
약한 사람을 보면 양보하라.
• 나이와 대접받는 것은 다르다.

朋友有信
같은 공동체 가치관을 공유하는 구성원끼리는 믿음을 우선하라.
• 같은 생각을 하는 사람이 친구다.
• 독서모임, 산악 동호회 모임.

21세기 새로운 유학의 해석

군신유의는 왕과 신하의 관계를 벗어나야 합니다. 공동체 리더와 공동체 구성원 사이에는 정의가 수립돼야 합니다. 정의롭지 않으면 공동체가 무너지게 됩니다. 정의가 개입되지 않으면 군주는 신하를 사사로이 대하게 됩니다. 그러면 신하는 군주에게만 충성합니다. 그래서 국정논단 사건이 벌어진 것입니다. 군주가 신하를 사사롭게 대하니 국가가 사적으로 운영되는 겁니다. 국가는 공적 운영체입니다. 공적 운영을 위해서는 리더와 구성원은 정의를 기준으로 관계 맺어야 합니다.

부부유별은 부부의 단순한 성 역할을 의미하지 않습니다. 상대를 서로 인정하고 존중해야 가장의 질서가 원만히 이뤄질 수 있습니다. 여기에 남편이 어떻고 아내가 어떻고 하는 말이 없습니다, 아내는 남편을 따라야 한다고 전통 오륜에서도 말한 바 없습니다. 올바른 관계를 맺기 위해서는 서로의 차이를 존중해 줘야 한다는 말로 해석해야 합니다. 그래야 두 사람의 관계가 원만해집니다.

붕우유신은 예전 동네에서 함께 뛰놀던 좁은 범위의 친구에서 벗어나야 합니다. 개인의 사회활동 범위가 넓어지면서 과거에는 없던 다양한 관계가 생겼습니다. 독서모임, 산악회, 동호회 등 같은 가치관을 공유하는 관계에 있는 사람이 바로 친구며 가족인 시대입니다. 이런 관계에 중요한 것이 서로에 대한 믿음의 윤리입니다. 그래야 친구 사이에 올바른 관계 맺음이 있게 됩니다.

장유유서는 나이 많은 사람과 나이 적은 사람의 순서(차례와 질서)를 벗어나야 합니다. 지금까지 장유유서의 순서는 권위적이고 수직적인 관계를 설명합니다. 이제 나이로 대접받는 시대가 아닙니다. 나이 많아도 어른답지 못하면 질책받는 시대입니다. 꼰대로 외면 받습니다. 공자는 선(善)을 행하는 것을 중요하게 여기지 않았습니다. 공자가 가장 중요하게 여겼던 것은 어떠하든 공동체 구성원이 사이좋게 지내는 것이었습니다. 처세의 문제입니다. 강자와 약자의 의미로 달리 해석해야 합니다. 나이의 순서가 아니라 약함의 순서로 봐야

K-Culture의 홍익인간, 팬데믹을 이겨내다

합니다. 늦은 밤 무거운 가방을 어깨에 멘 채 버스 손잡이에 머리를 기대어 졸고 있는 젊은이가 이 시대 약자입니다. 신체의 약자가 아니라 시대의 약자를 먼저 생각해야 하는 시대입니다.

유학이 전통으로 살아남기 위해서는 시대에 맞는 유학이 돼야 합니다. 자녀는 부모의 소유물이 아닌 시대입니다. 여자는 살림하고 남자가 돈 버는 시대는 지났습니다. 나라에 충성하는 시대는 사라졌습니다. 어른이라고 자리 양보받고 공경받는 시대는 지났습니다. 사회 영역이 커지면서 친구의 영역도 넓어졌습니다. 현시대는 과거 30년 전보다 확연히 달라졌습니다.

사회는 급변하는데 급변의 문제점만 지적하며 그것 봐라, 그럴 줄 알았다며 옛것을 지켜야 한다고 주장해서는 안 됩니다. 세상이 음양의 원리로 필연적으로 끝없이 변화하듯이 인간 사회도 필연적으로 변화합니다. 변화가 당연합니다. 변화를 인정하고 과거를 재해석하여 현재에 맞도록 고쳐 써야 합니다. 그것이 귀신의 섭리를 따르는 일입니다.

천지 만물의 끝없는 창조력과 성실함을 귀신의 성실함에 빗대었습니다. 천지 만물의 생성원리를 깨달았을 때 느끼는 찬란한 감흥에 어찌 감탄하지 않겠습니까!

중용 17장

자녀는 부모의 행복 투사체가 아니다

●

공자가 말했다.

"순임금은 위대한 효자다! 덕으로는 성인이고 존귀함으로는 천자가 되어 천하를 다스렸다. 그가 죽은 뒤에도 기쁘고 흥겹게 종묘의 제사를 받으니 자손들은 그 제사를 보존하여 끊이지 않았다. 그러므로 순임금처럼 큰 덕을 가진 사람은 그에 합당한 명성을 얻고 수명을 누릴 것이다.

하늘이 사물을 낳을 때에는 반드시 그 재질에 따라 다양한 진로를 정해준다. 세차고 반듯하게 솟아올라오는 것은 북돋아 주고, 비실비실하는 것은 갈아 엎어버린다.

시(詩)는 말한다. '아름답고 즐거운 군자여! 덕성이 밝게 드러나네. 백성을 즐겁게 하고 사람마다 재질에 맞는 일을 맡기시네. 하늘로부터 행운의 복록을 받으시네. 하늘은 그를 도와주며 끊임없이 명을 내리며 거듭하여 보살피는 도다.'

그러므로 큰 덕을 구현하는 자는 반드시 하늘의 명(命)을 받는다."

개인적으론 순임금의 효가 특별히 대단하다고 여겨지지는 않습니다만 유교의 창시자인 공자는 심각하게 고려합니다. 조선 중기 이후 성리학은 효를 신격화합니다. 효는 약자가 강자에 대한 절대적인 복종이어야 합니다. 백성은 어버이인 왕에게 절대적으로 복종해야 합니다. 자식이 복종하는 효가 아니라 부모가 자식에게 내려주는 효를 해야 합니다. 효는 자식의 몫이 아니라 부모의 몫입니다. 자식의 행복을 위해 부모가 희생하는 게 효입니다.

맹자는 중용을 집필한 자사의 제자로부터 학문을 배운 사람입니다.

맹자사상은 '착한 일을 베풀면 돈이 들어오나? 떡이 생기냐? 덕행이 행복을 보장하는가?' 에 대한 질문에서 시작합니다. 결론적으로 맹자는 덕행은 분명히 행복을 가져다준다고 주장하며 그 근거를 역사에서 찾습니다. 과거 역사를 보면 착한 일을 하면 분명히 행복을 받았고 그렇지 못한 경우에는 멸망했다고 논증합니다.

"자기 백성을 난폭하게 억압하는 군주는 비참한 죽음을 맞이하지 않았느냐, 그의 나라는 반드시 멸망했다. 극도로 심하지 않더라도 군주는 위험에 처하게 되었고 나라는 쇠약해질 것이다."

"하은주는 인의 덕으로 통치했지만 인의 부족으로 왕조의 문이 닫혔다."

맹자도 공자처럼 '내 탓이요!' 라며 자기에게 원인을 찾으라고 조언합니다.

"만일 어떤 사람에게 잘 대해줬는데 그가 친근하게 대해주지 않으면 먼저 자신의 덕을 생각하라. 또한 다른 사람을 다스리려고 하는데 그것이 잘되지 않으면 내 자신의 지혜가 부족한 것은 아닌지 돌아봐라. 예를 다했는데도 상대가 답례를 하지 않는 경우에는 자신의 공경의 자세를 돌아봐라."

요즘 젊은이들을 보고 인성이 부족하다는 말을 많이 합니다. 요새 애들 개판이야. 인사도 안 하고 인성교육을 해야 해! 그래서 뭘 하나요? 학교에서 한복 입고 예절교육을 하고 명심보감, 공자, 논어를 읽고 도덕경으로 인성교육을 합니다. 죽어나는 건 학생들입니다. 잘못을 학생한테 아이들에게 돌리고 있습니다. 학생들이 인사하지 않는 것은 그들에게 존경받을 행동을 보여주지 못했기 때문입니다. 인사 안 한다고 뒷짐지고 야단치니 누가 흔쾌히 인사하겠습니까? 왜 자신이 먼저 인사하지 않습니까? 아이들은 어른들에게 배웁니다.

기성세대의 빨리빨리 문화로 이룬 경제성장은 아이들을 다독거릴 길을 제시하지 못했습니다. 다독거림은 인내가 필요합니다. 빨리빨리는 그럴 수 없습니다. 부모는 아이들을 먹여 살리기 위해 돈을 벌었습니다. 부모도 인성을 못 배웠으니 아이들도 마찬가지가 된 겁니다. 학교도 성장 위주 교육이 먼저이므로 인성은 저 멀리 있습니다.

한국사회에 산재된 문제는 기성세대들이 풀어줘야 합니다. 권위를 내려놓고 돌봐줘야 합니다. 그게 이 시대 '효'입니다. 뒷짐지고 인사 잘하나 못하나 감시하는 게 효가 아닙니다.

청소년 강력 범죄가 많아졌습니다. 요새 애들 문제야! 지금 이 시대가 어떤 시대인데 소년법을 폐지해야 한다면서 청와대에 건의합니다. 없애면 되나요? 아이들을 보호해야 하는 게 부모의 역할입니다. 그게 효입니다. 아이들을 보호해야 합니다. 이 사회가 문제며 부모가 문제지 아이가 문제가 아닙니다. 희생양을 만들어서 화형 시켜야 속이 시원한가요?

1999년 4월 20에 발생한 미국 콜럼바인 고등학교 총기난사 사건으로 열세 명이 죽고 가해 학생 두 명이 모두 자살한 사건이 있었습니다. 그때 미국사람들은 피해자와 가해자 모두의 위패를 함께 놓았습니다. 가해자인 아이들도 미국 사회가 만든 공동책임이라 여겼기 때문입니다. 미국사람들은 '효'를 배우지 않았지만 명확하게 '효'를 실천합니다. 효는 교육으로 배우는 게 아닙니다. 효는 행동으로 배웁니다. 맹자는 아이들이 효를 실천하지 않는 것은 부모의 탓이라며 질책합니다. 자식의 행복을 위해 내가 희생해야 합니다.

그런데 자녀의 행복을 잘못 해석하는 오류를 범합니다. 사교육 열풍 따라 하기가 실례입니다. 부모의 희생이라는 미명하에 아이의 행복을 위한다며 오히려 희생당하는 아이들을 양산하고 있습니다. '네가 덕행(희생)을 베풀었는데도 보상을 받지 못한 것은 나쁜 의도가 있었기 때문이다'고 맹자는 꾸짖습니다. 아이의 행복을 진심으로 바라는 희생인지 내 행복을 아이에게 투영시킨 건지, 자식 잘 키웠다는 말을 듣기 위해 아이들을 희생시키는 것은 아닌지 돌이켜 생각해 봐야 합니다. 내 행복과 아이 행복은 동일하지 않습니다. 부모는 아이의 행복을 위해 희생해야 합니다. 내 행복이 먼저가 아닙니다. 자녀 교육에 열심인 부모의 희생을 '악'이라 할 수 없지만 내 중심이면 '악'이 됩니다.

"한국사회의 가족제도는 실패한 제도입니다."

휴학 중인 20대 중반의 대학생과 우연히 가족에 관한 대화를 시작했을 때 그가 공격적인 확언으로 포문을 엽니다. 청년은 다소 흥분된 목소리로 말을 이었습니다.

"청년들은 가족제도에 부정적입니다. 가장 근본적인 이유는 부모가 자식을 자신의 소유물로 여기며, 가족 구성원은 각기 자기 할 일이 정해진 대로 살아야 한다는 점입니다. 정해진 기계의 부속품처럼 아버지는 가장의 역할, 어머니는 자녀 교육과 살림의 역할, 자녀는 공부 잘해서 좋은 대학에 가서 좋은 직장에 취업해야 하는 삶을 살도록 정해졌습니다. 이 삶에는 자유가 없습니다. 자녀는 삶을 강제하는 부모에게서 안정과 위안을 기대할 수 없습니다. 우리는 부모의 기계 버튼으로 움직이는 존재가 아닙니다."

자녀가 잘되길 바라는 마음에 조금의 칭얼거림을 묵살하는 훈육 방식이 야기하는 부자유스러움은 이해하지만, 그 행위 자체를 비판하는 것에는 다소 서운함이 들었습니다. 자신의 삶이 내 삶보다 좀더 낫기를 바라는 게 부모의 마음 아닐까요? 그런데 그는 자녀를 위한다는 부모의 마음과 행위가 도리어 안정과 위안을 빼앗아 간다고 주장하는 것입니다.

"왜 청년들이 무기력한지 아세요? 부모의 압력 때문에 포기할 수밖에 없는 꿈 때문입니다. 결단코 자녀는 부모의 소유물이 아닙니다. 제가 아는 선배가 있습니다. 그는 부모가 원하는 대로 교대를 졸업하고 초등학교 선생님이 됐습니다만 2년 만에 사퇴하고 현재 음악 밴드활동을 하고 있습니다. 그는 어릴 때부터 밴드활동을 꿈꿔왔고 어차피 할 일이었습니다."

그는 꿈조차 부모가 결정하고 선택의 자유와 의지를 묵살하는 기존 가족제도를 답습하고 싶지 않아 젊은이들이 전통적인 결혼제도를 부정하는 것이며 이런 현상이 '비혼'으로 나타나게 된 것이라고 강조했습니다.

그 이야기를 들은 저는 자기 하고픈 대로 하다가 정작 굶어봐야 빈곤의 힘겨움을 이해할 것이고 지금은 행복하다고 하지만 언젠가는 후회할지 모른다고 대응했습니다. 그러나 그는 자신의 자유의지로 선택한 길을 왜 불행이니 행복이니 하는 말로 평가하는지 모르겠다고 대꾸합니다. 선택의 책임은 자신의 문제지 남이 이래라저래라 할 문제는 아니라고 말입니다. 도대체 이 시대 부모와 청년 간에는 무슨 일이 벌어지고 있는 걸까요?

17장에서 '효'는 하늘의 명령이라고 정의합니다. 하늘의 명령의 시작은 효입니다. 부모가 아이의 행복을 위해 희생하는 효로부터 하늘의 명령이 시작됩니다. 효가 홍익정신의 시작입니다. 널리 인간을 이롭게 하는 것은 바로 내 자녀의 행복을 위한 마음에서 시작되는 겁니다. 부모의 행복 투사체로 자녀를 이용하면 안 됩니다. 부모는 자녀의 행복을 위한 자기희생을 먼저 이해해야 합니다. '효'는 생명 창조를 위한 선함입니다. 선함이란 재질에 따라 생명의 진로를 잘 다스리는 겁니다. 자녀의 재질을 통찰하고 생명의 진로를 찾아줘야 합니다. 부모 자식 간에 올바른 선함의 실천이 홍익정신의 출발점입니다.

중용 18장

제사 문제에 대해서(1)

공자가 말했다.

"근심 없이 산 사람은 오직 문왕뿐이구나! 훌륭한 아버지 왕계가 계셨고, 아들 무왕이 있었으니 근심이 없었구나. 아버지가 나라를 일으키고 아들이 나라를 세상에 펼쳤기 때문이다.

무왕은 태왕, 왕계, 문왕의 기업을 계승하여 갑옷 한 번 차려입고 천하를 얻었고, 세상을 소유한 후에도 아름다운 명성을 잃지 않았다. 존귀함으로는 천자가 되고 부유함으로는 사해의 영토를 다스렸다. 죽은 후에는 자손들이 종묘 제사를 잘 보전해서 지켜왔다.

무왕은 말년에야 천명을 받고서 얼마 안 있어 죽었기 때문에 예를 정할 틈이 없었다. 그래서 동생 주공이 예를 제정했다. 주공은 태왕과 왕계를 추대하여 왕의 칭호를 붙여주었으며, 천자의 예로 윗 선조들의 제사를 지냈다.

장례는 죽은 자의 작위에 맞도록 하고, 제사는 자손의 작위에 맞게 한다는 예(禮)의 법칙을 세워서 제후와 대부, 관리와 서민에까지 보편적으로 통용케 했다. 예를 들어 아버지가 관리의 신분이고 아들이 대부의 신분일 경우에는 장례는 관리의 예로 하고 제사는 대부의 예로서 한다. 방계 친척인 경우 대부까지는 1년 상을 하고 천자까지는 3년 상을 한다. 그러나 부모의 3년 상은 귀천을 가리지 않는다.

17장은 순임금의 업적을 치하하고 18장에서는 주나라 무왕과 문왕의 업적을 치하합니다. 그들의 이름이 널리 빛나서 후손들이 종묘 제사를 통해 그들을 기린다는 내용입니다. 그리고 후반부에는 제사 예법을 설명합니다. 신분에 따른 장례 법칙과 제사의 예법입니다.

제사와 효에 관련한 무왕의 에피소드가 있습니다.

『사기열전』의 첫머리가 「백이숙제」 편입니다. 백이숙제는 지조를 지킨다며 고사리만 먹다가 굶어 죽은 형제입니다. 그들의 일화에 무왕이 등장합니다.

백이와 숙제는 고죽국 군주의 두 아들이었다. 아버지는 막내인 숙제를 다음 왕으로 삼으려고 했다. 그런데 아버지가 죽자 숙제는 왕위를 형 백이에게 양보하려고 했다. 그러자 백이는 '아버지의 명령'이라고 하면서 달아나 버렸고 숙제도 왕위에 오르려 하지 않고 달아나 버렸다. 고죽국 사람들은 하는 수 없어 백이의 동생이자 숙제의 형인 둘째 아들을 왕으로 세웠다. 백이와 숙제는 서백창(주나라 문왕)이

노인을 잘 모신다는 소문을 듣고 그를 찾아가서 몸을 의지하고자 했다. 그들이 주나라에 이르렀을 때 서백창은 이미 죽어버렸다. 마침 그의 아들 무왕이 선왕의 시호를 '문왕'이라고 일컫고, 나무로 위패를 만들어 수레에 싣고 동쪽으로 가 은나라 주왕을 정벌하려고 했다. 이에 백이와 숙제는 무왕의 말고삐를 잡고는 간언했다.

"아버지가 돌아가셨는데 장례를 치르지 않고 바로 전쟁을 일으키는 것을 효(孝)라고 할 수 있습니까? 그리고 신하된 자로 군주를 죽이는 것을 인(仁)이라 할 수 있습니까?"

백이와 숙제는 삼년상을 치르지도 않은 채 군사를 일으킨 무왕을 불효자라 지적합니다. 그리고 하늘이 땅을 위탁 통치하라며 내려준 아들 즉 천자에 대항하는 것 또한 인(仁)이 아닌 불효라며 출정을 막아섭니다. 백이와 숙제는 끝내 은나라를 치고 주나라를 세운 무왕의 치적을 한탄하며 은나라 백성이 아닌 주나라 백성이 되는 것을 부끄럽다 여깁니다. 수양산에 숨어서 고사리를 뜯어 먹고 살다가 굶어 죽습니다. 어쩌면 주 무왕도 효보다 명분을 앞세운 사람일지도 모릅니다.

중국 근대문학가 루쉰(1881~1936년)은 「백이숙제」 편을 재해석합니다. 루쉰은 아편전쟁 이후로 암흑에서 벗어나지 못하는 중국의 폐해는 근원적으로 유학에 있었다고 주장한 사람입니다. 그는 『옛이야기

새로 쓰기」「고사리를 캐다」 편을 통해 현재의 실리보다 효와 인의 명분으로 현실을 인지하지 못하는 유학자들, 백이숙제를 비판합니다. 『사기열전』에서 공자는 백이숙제를 충분히 칭찬받을만한 인물로 설명하지만, 후손인 루쉰은 비현실적인 세상에 사는 유학을 까버립니다. 이후로 공산당이 중국을 장악하면서 약 100년간 중국 유학은 몰락하게 됩니다.

효의 본질을 우선해야 하는가 아니면 현실 명분이 먼저인가. 『사기열전』「중니제자열전」에 공자의 제자 중에 재여라는 사람이 공자에게 효의 본질과 현실 명분에 대해 묻는 장면이 등장합니다.

재여는 자가 자아이며 말솜씨가 뛰어났다. 그는 공자에게 가르침을 받다가 물었다.

"부모의 상을 3년이나 치르는 것은 너무 길지 않습니까? 군자가 3년간 예를 닦지 않는다면 반드시 무너질 것이며, 3년 동안 음악을 팽개친다면 음악도 무너질 것입니다. 묵은 곡식이 없어지고 햇곡식은 익고, 불씨 얻을 나무도 다시 바꾸는 데 1년이면 충분합니다."

공자가 되물었다.

"그렇게 하면 네 마음이 편하겠느냐?"

"예"

"네가 편하다면 그렇게 해라, 군자는 상중에 있는 동안 맛있는 음식을 먹어도 달지 않고 듣기 좋은 음악을 들어도 즐겁지 않기 때문에 하지 않는 것이다."

재여가 밖으로 나가자 공자가 말했다.

"재여는 참으로 인(仁)하지 못하구나! 자식은 태어나서 3년이 지나야 부모 품에서 벗어난다! 따라서 삼년상은 천하의 공통된 예의인 것이다."

한국 남자는 2여 년간의 군 복무를 하는데, 그 짧은 기간의 공백은 정말 큽니다. 공부습관은 사라졌고 기억은 감퇴합니다. 복학 후 겪는 후유증을 극복하는데도 적지 않은 시간을 들여야 합니다. 재여가 지적하는 게 바로 그와 같습니다. 3년은 너무 길지 않나요? 그러자 공자는 부모님이 돌아가셨는데 밥이 넘어 가냐? 즐겁더냐? 라며 재여를 질책합니다. 태어나서 적어도 3년간은 부모가 양육하지 않으면 살 수 없다. 오롯이 자식을 살리기 위해 3년간 희생하셨는데 부모님이 돌아가신 후 3년 만이라도 그 공덕을 생각해야 한다며 공자는 주장합니다. 둘 다 설득력 있습니다.

공자라는 인물은 유학자이며 도학자이며 불교신자입니다. 그가 유학의 선구자가 된 건 제자들이 그렇게 만들었기 때문입니다. 대표자인 맹자에서 1000년이 지나 성리학의 주희로 이어집니다.

전국시대로 접어든 중국은 굉장히 혼탁해집니다. 끝없는 전쟁과 죽음, 사람들은 살아갈 답을 달라며 아우성칩니다. 내가 왜 사는지 왜 세상은 혼탁한지 그 답을 요구합니다. 공자 사상은 너무나 평범하고 애매하기 때문에 외면 받을 위기에 처합니다. 그때 유가에서 맹자라는 영웅이 등장했습니다. 당시에 서민의 삶 속에 깊숙이 자리잡고 있던 것은 묵가였습니다. 하지만 묵가는 서민의 편이었고 유가는 권력자의 편이었기 때문에 묵가는 사라지고 유가는 후한 시대에서 근대까지 이어집니다. 정치적 이데올로기가 그만큼 무섭습니다. 순자의 말에서 왜 권력자가 유학과 손잡았는지 이해됩니다.

"묵적(묵자)은 천하를 통일하고 국가를 세우는 데 근본이 되는 예의 법도를 모르고서 한낱 공리나 거명만을 제일로 삼고 다시 사회평등을 주장하며 상하귀천의 차별을 없애고자 한다. 그러나 계급과 분별을 인정한 임금과 신하의 차등이 있어야 한다. 다만 그의 주장에는 그럴듯한 근거가 있고 변론에는 조리가 있어 우매한 백성들을 현혹하기 충분한 사람이다."

유학은 권력자와 피권력자의 차등을 주장합니다. 정치가들은 당연히 신분 차등을 정당화해 주는 유학에 관심을 가질 수밖에 없습니다. 그들은 백성들과 평등함을 바라지 않았을 겁니다. 지금도 마찬가지죠. 자유민주주의의 평등한 시대라고 하면서도 제왕적 대통령,

독재 대통령, 군림하는 국회의원, 교만한 공무원이 존재합니다. 최근에 유학의 공맹학보다는 묵자 사상이 관심받는 이유가 여기 있습니다.

각설하고 중국 전국시대에 유학의 대표자는 맹자였고 대항마는 평등을 주장한 묵자였습니다. 묵자는 '모두 다 사랑하라'고 기치를 올렸습니다. '공자의 무리들은 친척을 사랑하는데도 차등을 둔다. 사랑하는데 왜 차별을 두는가!'라며 공격합니다.

"부모의 상은 3년이고 처와 장자의 상도 3년이다. 그런데 아버지 형제인 백부와 숙부와 형제와 서자는 1년이고 가까운 친척은 5개월 동안 상복을 입는다. 부모가 죽으면 시체를 놓아둔 채 바로 염하지도 않고 지붕에서 영혼을 부른다. 아버지를 찾는다. 우물을 보고 쥐구멍을 살피면서 죽은 사람을 살리려고 하는 게 예법이라 주장한다. 실제로 존재한다고 여기는 것은 어리석은 짓이다. 죽었으면 죽은 거지 왜 오두망정을 떨고 난리냐. 그리고 장례는 왜 차별하냐? 똑같이 사랑해야지!"

맹자는 서민의 삶을 파고드는 묵가를 반격합니다.

"성왕이 나오지 않아서 제후가 방자하며 초야에 있는 처사들이 멋대로 의논하여 양주와 묵적(묵자)의 말이 천하에 가득해서 천하의 말이 양주에게 돌아가지 않으면 묵적에게 돌아간다. 그러나 양 씨는 자기 자신만을 위하니 이는 군주가 없는 것이고, 묵 씨는 똑같이 사랑하는 것을 주장하니 이는 아비가 없는 것이다. 그러니 니들은 아비 없는 호래자식이다. 아비가 없고 군주가 없으면 그는 금수다."

묵자의 제자 중에 이지라는 사람이 맹자와 대면하기를 요청하지만 맹자는 그대로 돌려보냅니다. 그리고는 제자들 앞에서 한마디 합니다.

"이지를 만날 수는 있었지만 안 만났다. 그런데 내 의견을 펴지 않으면 도가 나타나지 않으니 내 의견을 말하겠다. 내가 들으니 이지는 묵자의 제자라고 하는데 장례는 간소하게 해야 한다고 말했다. 이지는 그렇게 천하의 풍속을 바꾸어야 한다고 말한다. 집집마다 설득하러 다니는 것을 나쁘게 여기지는 않는다. 그러나 이자는 자기 아버지가 죽자 후하게 장례를 치렀다. 결국 묵가도 다를 바 없다. 그래서 만나주지 않는 것이다."

현대 한국에 제사 문제가 큰 논쟁거리입니다. 기일은 어찌나 많은지, 차는 얼마나 막히는지, 명절이 스트레스입니다. 수시로 찾아오는 제사 때문에 효와 불효 사이에서 가족 간 갈등이 심각합니다. 바쁘고 괴로운 자본의 삶에 효와 제사는 어떤 의미가 돼야 할까요? 전통문화이기 때문에 지켜야 할지, 아니면 바쁜 현대사회에 불필요한 관습인지, 치유의 날로 정할지, 아니면 또 다른 가족 모임의 문화가 될지.

옳고 그름은 정해진 것은 없습니다. 역사가 시작된 이후로, 유교의 공자도, 유교의 확산 때도 효에 대한 갈등은 존재했습니다. 현대적이라는 지금도 효의 갈등은 지속되고 있습니다. 시대에 따라 해답이 변해왔습니다. 이젠 상대방의 생각을 비방하고 지적하기보다 들어주고 경청함으로써 무언가 긍정적인 '한국의 효 문화, 제사 문화'를 만드는 해답을 찾아야 할 때입니다.

제사 문제에 대해서(2)

공자가 말했다.

"무왕과 주공은 한결같은 효를 실천하여 천하 사람이 칭송했다. 효란 조상의 뜻을 잘 계승하고 행한 일을 잘 전달하는 것이다. 봄가을로 조상 묘를 청소하고 수리하며, 물려받은 제기를 잘 진열하며, 조상이 입던 의복을 상 위에 올려놓아 조상의 혼이 돌아와 깃들게 하며, 조상이 살아계실 때와 똑같이 그 계절에 맞는 신선한 음식을 올려야 한다.

종묘의 예를 할 때는 위패를 순서대로 놓는다. 종묘에서 제사가 진행되는 동안 신분에 따라 자리 순서가 정해지는 것은 신분을 분별하기 위함이며, 제사 진행시 순서대로 일을 맡기는 것은 현명함의 정도를 분별하기 위해서이다.

음복주로 서로 술잔을 주고받을 때 아랫사람이 윗사람에게 술잔을 올리는 것은 조상의 축복이 미천한 사람에게까지 골고루 미쳤다는 것을 보여주기 위함이다. 제사를 다 마치고 편안하게 잔치를 벌릴 때도 모발의 색깔에 따라 자리를 배치하는 것은 나이의 순서를 구분하기 위해서다.

제사의 궁극적인 의미는 조상의 삶을 다시 살펴보는 일이다. 조상이 행하고 즐겼던 음악을 내가 즐기고, 그들이 존중했던 것을 내가 공경하며 그들과 가깝게 지냈던 사람을 귀하게 여기는 것이다. 죽은 사람 섬기기를 산 자 섬기듯 하고, 멀리 사라져버린 사람 섬기기를 지금 여기 있는 사람으로 섬기니 이것이야말로 효의 지극함이다.

천자의 제사(교사郊社)는 하느님을 섬기기 위함이다. 종묘의 예는 선조를 받들기 위함이다. 교사와 종묘의 봄 제사인 체(禘)와 가을 제사인 상(嘗)의 의미를 이해하면, 한 나라를 다스리는 일이 손바닥 들여다보는 것처럼 쉬울 것이다.

19장에서 효의 일반적인 개념이 달라집니다. 이제 효(제사)라는 것은 나의 혈연적 부모에 대한 치사랑과 추모만을 뜻하는 게 아닙니다. 앞서 살았던 인간의 삶을 계승하여 다음 세대 그대로 이어주는 일로 확산됩니다. 우주적 관점에서 인간문화를 문명 속에 계승하여 축적하는 일입니다.

19장은 신분적 차등과 나이별 차등으로 제사를 지내는 법도를 설명하는데 그다지 생각할 필요가 없습니다. 집집마다 상차림도 다르고 제사 순서도 다르고 술 따르는 방법도 천차만별입니다. 홍동백서니 조율이시니 하며 따르는 집안이 많은데 이것도 반드시 지켜야 할

규칙이 아닙니다. 19장 내용은 예전 법도가 이랬구나 하는 정도의
참고용입니다.

  단, 제사의 의미는 생각해 볼 필요가 있다고 생각됩니다. 죽은 사
람을 기리는 날을 왜 만들었을까요? 죽으면 끝인 것을. 유교에는 천
당과 지옥이 존재하지 않습니다. 인정하지 않습니다. 따라서 제삿날
돌아가신 부모님이 찾아오셔서 제사음식을 먹는다는 생각은 잘못된
겁니다. 현대 제사는 아마 불교의 윤회사상과 유교의 제사가 융합하
여 만들어진 문화양식이 아닐까 생각합니다.
  19장은 제사의 존재 이유를 설명합니다.
  "죽은 사람 섬기기를 산 자를 섬기듯 하고, 멀리 사라져버린 사람
섬기기를 지금 여기 있는 사람으로 섬기니 이것이야말로 효의 지극
함이다."
  죽은 사람은 방금 돌아가신 분이고 멀리 사라져 버린 사람은 돌아
가신지 오래된 분을 말합니다. 효는 죽은 사람을 살아있는 사람의
마음으로 섬기는 자세를 뜻합니다. 즉, 효는 역사가 됩니다. 과거 한
국인의 역사를 현재와 동일하게 여김으로써 그 의미를 되새기는 일
입니다. 가족의 입장에서는 아버지에 아버지의 삶을 되새기며 그의
삶이 아버지에게 그리고 나에게 어떤 의미가 있는지 되돌아보는 일
입니다. 한국인의 입장에서는 이 땅을 지켜왔던 우리 조상의 삶이

현 사회에 어떤 의미가 있는지 되돌아보는 일입니다. 과거로부터 한국의 '홍익인간' 정신을 현대 한국에까지 계승하고 보존하며 기리는 일입니다. 지구를 사는 세계인의 관점에서 과거 인류의 삶이 현대를 사는 인류에게 어떤 의미가 있으며 앞으로 어떤 문화를 다음 인류에게 계승해 줄 것인가를 고민하는 일이 효입니다.

그래서 효는 아랫사람이 윗사람을 공경하는 일이 아니라 윗사람이 아랫사람에게 내려주는 것으로 해석되어야 합니다. 내 아버지로부터 받은 행복의 양을 내 자녀에게 좀 더 보태어 내려주는 것이 효입니다.

제삿날 가족들이 한자리에 모여듭니다. 사실 큰 집에 가기도 귀찮고 부모가 내려주는 효를 받아야 할 학생들은 공부 때문에 열외됩니다. 명절 후유증은 끔찍하기만 합니다. 세상은 바쁘고 내 삶이 힘겹습니다. 여유가 없습니다. 오늘날 명절은 누구도 원치 않습니다. 자식들이 오면 즐겁기도 하면서 귀찮기도 합니다. 조선 중기 이후로 남성 중심이던 풍습만 남아있는 바람에 남성은 남성대로 여성은 여성대로 불편합니다. 여성이 불편해하니 남성도 불편해집니다.

『논어』「학이」편에 보면 제사의 의미에 대해 아래와 같이 말합니다.

曾子曰, 愼終追遠, 民德歸厚矣
(증자왈, 신종추원, 민덕귀후의)

증자가 말하기를,
신중하게 부모의 임종을 맞이하고 경건하게 부모의 죽음을 기억한다면
백성들의 덕이 두터워질 것이다.

　부모 제사라면 부모의 살아생전에 하신 말씀이나 행동을 기리는 것이 근본입니다. 사람들은 처음과 달리 시간이 지날수록 그 마음이 해이해지기 마련인지라, 부모 사후에 그것을 추모한다면 가족공동체의 결속력이 강해진다는 말입니다. 다시 말해 제사의 의미는 가족공동체의 결속력이 그 목적입니다. 제사가 불편하여 다툼이 생긴다면 제사의 의미가 없습니다. 제사는 부모님의 기일을 찾는다는 의미보다 가족의 정을 되새기는데 더 큰 의미가 있는 겁니다.

　오늘날 명절 이후에 이혼이 증가하고 존속살인이 증가합니다. 제사라는 행사로 가족의 평안과 공동체 결속보다는 형식과 의무를 더 중요하게 여기기 때문입니다. 만약 공자가 한국의 제사 문화를 봤다면 반드시 제사의 형식을 바꿀 겁니다. 공자는 인간관계의 안정을 추구한 사람이므로 형식 때문에 다툼이 생긴다면 용납하지 않을 게 분명하기 때문입니다.

실제로 한국의 전통 제사와 현대 제사에는 많은 차이가 있습니다. 먼저, 전통 제사에는 추석 제사와 설 제사가 없습니다. 가례에 보면 종갓집에서는 한 달에 두 번 제사를 지냈는데 매월 초하루와 보름입니다. 설과 추석은 1월 초하룻날과 8월 보름으로 모두 정기적인 제삿날에 포함되어있는 날입니다. 일제강점기 때 조선총독부가 한국의 예절시스템을 장악할 목적으로 예법을 일본식으로 바꾸고 박정희 대통령 때 추석과 설날 제사를 확정한 겁니다. 명절 제사는 우리 전통이 아닙니다. 신라시대는 추석날이 되면 길쌈을 했다는 기록이 있습니다. 이날은 축제였습니다. 조선시대에도 추석날 제사를 지내지 않았습니다. 현대에 이르러 법으로 제정된 것임을 알아야 합니다.

조선 후기에 이르러서야 비로소 장남이 제사를 맡습니다. 전통 제사는 장남만의 책임이 아니었습니다. 조선 전기까지만 해도 여자도 제사를 주최했다는 기록이 있습니다. 제사는 돈이 듭니다. 이황 선생의 토지는 대략 30만 평 정도 됩니다. 밭이 1895.2두락, 논 1199.5두락입니다. 이황 선생은 두 번 결혼했는데 두 번째 처인 안동 김씨의 상속 재산으로 땅이 넓어집니다. 여자도 재산을 상속받았다는 증거입니다. 이황은 '처가 제사'를 지냈습니다. 재산 분배는 제사와 연결돼 있습니다. 퇴계 이황의 아들 이준은 3남 2녀 중에 삼남입니다. 전체적으로 거의 비슷하게 분배되었습니다만 그가 가장 많은 재산을 상속받았습니다. 아마 삼남의 가정형편이 어려워서일 것이라 추정합니다. 17세기 말 전주 유씨 집안도 자녀(여자들도 마찬가지로)들에게 고르게 재산을 분배했다는 기록이 남아있습니다. 1년에 스무 번의 제사가 있다면 열 명의 자녀가 두 번씩 맡아 고르게 지냈습니다. 18세기 이후로 맏아들에게 재산이 상속되면서 제사를 도맡기 시작합니다. 노론이 집권했던 시기로 양난 이후 무너진 왕권에 가문을 굳건히 했던 성리학자들이 왕이 누리던 권력을 장남에게 물려주듯 가문의 장남에게 권력을 이양하기 시작합니다. 이 문화가 지금까지 전통인 양 전해진 것입니다.

또한 일제강점기 이후로 여성은 음식을 만들 뿐 제사에 참여시키지 않습니다. 맏아들 주도의 제사로 고착되기 전에는 양자는 큰 의미가 없었습니다. 여성도 제사를 지냈기 때문입니다. 노론의 맏아들 중심 사회가 되면서 아들 중심의 양자제도가 곤고해 집니다. 딸만 있는 집안은 대가 끊긴다고요? 대체 언제 기준일까요?

제삿날 가장 정성을 들여 준비하는 게 '전'입니다. 원래 전은 불교와 왕가의 풍습입니다. 전통 제사에는 전이 없었습니다. 조선시대 학자들은 추모를 중히 여겨 제사는 간소하게 할 것을 강조했습니다. 요즘은 상다리 부러지게 합니다. 60~70년대를 거치면서 그렇게 됐습니다. 부족한 사람일수록 그런 것들을 통해 마음을 채우려고 했던 것은 아니었을까요? 과하니 스트레스가 되는 겁니다. 전통 선비들은 검소를 굉장히 강조했습니다. 퇴계는 말합니다. '요새 세상에도 맞고 옛날 예에도 멀지 않도록 행하라.' 즉 형편에 맞게 하라는 말입니다.

제삿날 홍동백서니 조율이시 등의 용어가 등장합니다. 퇴계는 여섯 종류의 과일로 하되, 과일의 위치와 순서를 말한 적은 없습니다. 율곡은 홍동백서와 조율이시를 말하며 다섯 종류의 과일을 놓으라고 했습니다. 홍동백서와 조율이시는 율곡의 방식이지 퇴계의 방식은 아닙니다. 이처럼 제사 방식은 지역마다 집안마다 다릅니다. 정답은 없습니다. 꼭 그렇게 따라야 하는 형식에 매이면 제사의 의미를 잃어버립니다. 과일의 수와 장소는 정해져 있지 않습니다. 조상이 생전에 좋아하는 과일이나 음식을 올려도 됩니다. 왜냐면 추모하는 마음이 제사의 근본이기 때문입니다. 유학의 집대성자인 공자도 형식에 얽매이지 말라고 했습니다. 부모님을 기리는 마음만 있다면 싸우면서 스트레스받고 이혼하는 것보다 낫지 않을까요? 제사상 차리려 고생시키고 이혼하느니 화목하면 부모님에게도 좋고 가정에도 좋습니다. 형식보다는 마음을 중요시하라 그것이 유학의 본 가르침입니다.

제사의 본 목적이 그렇기 때문에 가족은 한자리에 모여야 합니다. 모여야 효도할 대상이 보이기 때문입니다. 보여야 효도할 수 있습니다. 제삿날 가족 여행도 좋은 방법입니다. 학생도 하루의 공부를 내려놓을 필요가 있습니다. 제삿날은 함께 모여 역사를 계승하는 날입니다. 음식준비에 피곤함이 심하다면 할 필요가 없는 겁니다. 모두가 즐거워야지요.

과거와 현재 그리고 미래를 잇는 혈연적 유대감이 현대를 사는 한국인이 존속하는 의미입니다. 그 시작이 제사입니다. 제문을 쓰고 향을 피우고 하루 종일 굽고 튀기는 형식에서 벗어나 모두가 행복한 그런 제삿날이 되어야 합니다. 그게 바로 효입니다. 효는 거창한 그무엇이 아닙니다.

제사의 의미를 이해한다면 한 나라를 다스리는 일도 별 게 아니라고 말합니다. 효는 널리 인간을 이롭게 하는 일입니다. 인간을 이롭게 하는 일이 먼저임을 이해한다면 인간 삶을 이해 못할 일이 뭐가 있겠습니까? 인간을 품는 일이 바로 한국뿐만 아니라 세계를 다스리는 일이 아니고 무엇이겠습니까?

중용 20장

너나 잘하세요

애공이 공자에게 정치가 무엇인지 물었다.

"문왕과 무왕의 훌륭한 정치는 책에 기술되어 있습니다. 책에 쓰인 대로 실천하는 사람이라면 정치는 흥할 것이고, 반대인 경우라면 정치는 쇠락할 겁니다.

사람의 도는 정치에서 나타나고, 땅의 도는 나무에서 나타납니다. 정치는 좋은 사람이 있으면 순식간에 자라는 갈대처럼 무성해질 겁니다. 그러므로 정치의 성공은 제대로 된 사람을 얻는 데 있습니다. 제대로 된 사람을 얻으려면 군주 자신이 바른 도(道)가 있어야 합니다. 도(道)로 자신의 몸을 닦으며 인(仁)으로 도를 닦아야 합니다. 도를 닦는다는 말은 인(仁)을 실천하는 것입니다.

(중략)

사람이 달성해야 하는 도(道)는 다섯 가지이고, 도(道)를 행하게 만드는 덕성은 세 가지가 있습니다. 다섯이란 임금과 신하 사이의 도요, 아버지와 아들 사이의 도이요, 남편과 부인 사이의 도이요, 형과 동생 사이의 도이요, 친구 사이의 사귐의 도입니다. 덕성은 지(知) · 인

(仁)·용(勇)입니다. 그런데 도를 행하게 만드는 이 세 가지 덕성(달도: 達道)의 근원은 하나입니다.

덕성(달도:達道)을 어떤 사람은 태어나면서부터 알고, 어떤 사람은 배워서 그것을 알고, 어떤 사람은 힘겹게 고심해야 압니다. 그렇게 사람마다 받아들이는 힘의 차이는 있습니다만 결국 앎에 도달하게 되면 안다는 사실에 있어서는 아무런 차이가 없습니다. 또 덕성(달도:達道)을 어떤 사람은 편안하게 행하고, 어떤 사람은 이해를 따져서 행하고, 어떤 사람은 억지로 힘겹게 행합니다. 그러나 성과를 이루게 되면 성취함에 있어서는 아무런 차이가 없습니다."

공자가 이어 말했다.

"배우기를 좋아하는 것은 지(知)에 가깝고, 힘써 행하는 것은 인(仁)에 가깝고, 부끄러움을 아는 것은 용(勇)에 가깝습니다. 이 세 가지를 알면 내 몸을 어떻게 닦을 것인가를 알게 될 것입니다. 내 몸을 어떻게 닦을 것인가를 알게 되면 타인을 어떻게 다스릴 것인가를 알게 될 것입니다. 타인을 어떻게 다스릴 것인가를 알게 되면 천하 국가를 어떻게 다스릴 것인가를 알게 될 것입니다.

(중략)

성(誠)은 하늘의 도입니다. 사람의 도는 성(誠)을 실천하려고 노력하는 일입니다. 힘쓰지 않아도 들어맞으며, 생각하지 않는데도 얻어지며, 마음을 탁 놓고 편안하게 있어도 도(道)에 맞는 사람을 성인이라 부릅니다. 성(誠)해지려고 노력한다는 것은 선을 택하여 굳게 잡고 실천하는 자세입니다. 성(誠)해지려면 널리 배우십시오. 자세히 물으십시오. 신중히 생각하십시오. 분명하게 사리를 변별하십시오, 독실하게 행하십시오. 배웠는데도 능숙하지 못하다고 도중에 포기하지 마십시오. 물었는데도 알지 못한다면 알 때까지 질문하십시오. 생각한다면 파악할 때까지 하십시오. 변별할 때는 분명해질 때까지 포기하지 마십시오. 독실하게 행할 때는 독실해질 때까지 행동하십시오. 다른 사람이 한 번에 하는데 내가 그렇지 못하다면 백 번을 하고 다른 사람이 열 번에 하는데 내가 그렇지 못하다면 천 번을 하십시오. 배움을 좋아하고, 묻기를 즐기고, 생각을 신중하게 하고, 사리분별이 명확하고, 독실하게 행하는 도에 능하면 어리석은 사람이라도 현명해지며, 유약한 사람도 강인해질 것입니다."

애공은 노나라 27대 군주입니다. 공자가 노나라 사람이며 유명하니까 물어봅니다. '정치는 무엇인가요? 정치를 어떻게 해야 하나요?'

공자는 철저히 현실주의자입니다. 질문하는 사람의 직위와 상태를 꿰뚫어 보고 대답해 줍니다. 한 나라의 왕이 정치에 대해 물어왔기에 권력자에 맞는 정치를 설명합니다. 만약, 평범한 시민이 물었다면 사회관계로 설명해 줬을 겁니다.

공자는 말합니다.

"애공, 당신은 통치자로서 어떻게 세상을 다스려야 하는지 물어봤다. 먼저 정치에 있어 가장 중요한 것은 제대로 된 사람을 얻는 데 있다. 제대로 된 사람을 얻으려면 당신 스스로가 바른 덕성을 지니고 있어야 한다. 그 덕성이 인, 의, 예다. 인은 사람의 근본 마음으로 가장 가까운 사람을 사랑하는 마음을 뜻하며, 의는 타인을 존중하는 마음이다. 예는 가까운 사람과 타인 모두 존중하는 마음을 말한다.

사람을 다스리고자 한다면 군자가 되어야 한다. 군자가 되려면 몸을 닦아야 하고, 몸을 닦을 것을 생각하면 어버이를 섬기지 않을 수 없다. 어버이를 섬기려면 사람을 알게 되고 사람을 알게 되면 하느님을 알게 된다."

한마디로 공자는 남을 다스리려거든 '너부터 잘 해'라고 합니다. 너부터의 '너'는 천차만별입니다. 어떤 사람은 선천적으로 잘하는 사람이 있는가 하면, 누군가는 교육이나 책이나 멘토의 직접적인 조언을 듣고서야 잘하는 사람이 있습니다. 그리고 맨땅에 헤딩하며 산전수전 겪고 나서야 잘하는 사람이 있습니다. 공자는 똑똑하지 못한 평범한 사람에게 위로를 줍니다.

"미리 알거나 나중에 알거나 결국 알게 되었을 때는 차이가 없다.

결국 성취는 같지 않은가. 늦다고 포기하지 마라."

공자는 인간관계를 다섯 가지로 설명합니다. 부모와 자식 관계, 왕과 신하 관계(요즘으로 따지면 고용인과 피고용인으로 해석해도 되겠죠), 남편과 부인 관계, 형제관계, 친구관계입니다. 사회생활을 하는데 근간이 되는 관계인데 긍정적인 관계를 유지하고 싶다면 긍정적인 인성을 갖추라고 합니다. 공자는 배우기 좋아하는 것을 '지' 라고 하고, 실천하는 모습을 '인' 이라 하고 반성할 줄 아는 것을 '용'이라 합니다. 즉 배운 것을 실천하고 반성하다 보면 몸을 어떻게 닦을 것인지 깨닫게 되며 타인을 다스릴 방법을 알게 되고 천하를 다스릴 수 있는 방향을 알게 된다고 말합니다.

그리고 공자는 세 가지 인성을 갖춘 군자의 아홉 가지 실천 자세를 설명합니다. 자기 몸을 닦고, 현명한 사람을 존중하고, 가족과 화합하고, 윗사람을 공경하며, 아랫사람을 내 몸과 같이 사랑하며, 타인의 자녀도 내 자녀와 같이 여겨라. 다양한 전문인과 어울리며, 직접 연관이 없는 사람과도 공감하기를 힘써라. 끝으로 자신이 소속된 조직과 다른 조직에 있는 사람과도 잘 소통하기를 당부합니다.

뒤이어 공자는 아홉 가지를 실천하면 무엇이 좋은지 설명하며 아홉 가지 자세의 방향과 방법을 제안합니다. 이후 내용은 자기 계발적인 처세술 이야기이므로 개인이 알아서 해석하면 됩니다. 참고용으로 쓸 만한 내용입니다.

강연할 때 청중에게 질문하곤 합니다.

"여러분 '위기지학' 나를 위한 공부를 해야 합니까? 아니면 '위인지학' 남을 위한 공부를 해야 합니까?"

위기지학(爲己之學) **Vs** 위인지학(爲人之學)

거의 대다수가 '위인지학' 해야 한다고 답변합니다.

저는 반대라고 말합니다. 남을 위한 공부가 자존감을 낮게 만듭니다. 남을 위한 공부란 무엇인가요? 말 그대로 나를 위한 공부가 아니라 남을 위한 공부입니다. 왜 공부하죠? 부모를 위해서입니다. 높은 지위에 올라 존경받기 위해서입니다. 부모의 칭찬을 받기 위해 공부합니다. 남에게 존경받기 위해 공부합니다. 결과 중심적인 공부입니다. 타인의 존경과 칭찬과 관심을 받아야 하는 눈치 보는 공부입니다. 경쟁해서 이겨야 하는 공부입니다. 결국 관계의 어울림보다는 독재적 권위를 지향하는 공부입니다. 승자와 패자가 반드시 존재하고 끝없는 경쟁으로 결국 자존감이 낮아질 수밖에 없습니다. 아주 소수만이 누리는 승자의 공부법이기 때문입니다.

고등학교에서 같은 질문을 했을 때 학생들도 한목소리로 외칩니다. "위인지학이요!"

잘못된 교육은 아이들의 선택을 좌우합니다. 배워서 남 준다는 달콤한 말로 속입니다. 공부는 나를 위한 것이어야 합니다. 나를 위한다는 말을 이기적인 자기중심적이라고 해석하지 않았으면 좋겠습니다. 나를 위한 공부란 성찰과 함양의 문제입니다. 인성의 성실함과 관계의 충실성을 말합니다. 과정 중심적인 공부입니다. 경쟁보다는 어울림의 공부입니다. 인간성을 배우는 공부입니다. 이런 공부를 하는 사람은 자존감이 높습니다. 그러므로 공부는 위기지학(爲己之學)해야 합니다. 나부터 잘해야 합니다.

공자는 처세술의 근본이 지ㆍ인ㆍ용이라 했으며, 그 지ㆍ인ㆍ용의 실천을 가능케 하는 본원적인 덕성을 바로 '성(誠)'이라 결론짓습니다. 정리하자면 '성'은 내 몸의 성실함을 말합니다. 군자는 '성'해지려고 끊임없이 발버둥을 쳐야 한다는 말로 귀결됩니다. 삶의 목적(남을 위한 공부)이 중요한 게 아니라 삶의 과정(나를 위한 공부)이 중요합니다. 이런 사람이 바로 차라투스트라의 '위버멘쉬'이며 괴테의 '파우스트'이며 군자입니다.

'성(誠)'해지려고 한다면 배우고 묻고 신중히 생각하여 사리에 맞게 판단하기를 힘쓸 것이며 꾸준히 실천해야 합니다. 배웠는데도 모르겠다고 포기하지 말고, 물었는데도 이해하지 못한다고 포기하지 말고, 생각하고 생각해도 결론을 얻지 못했다고 포기하지 말고, 사리에 맞는 판단이 안 된다고 포기하지 말고, 진실된 실천이 안 된다고 포기하지 말라고 합니다. 똑똑한 누군가는 빠른 성취를 이룰 것이지만 그에 위축되지 말라 합니다. 한 번에 안 되면 천 번하면 된다고 합니다. 어리석지만 꾸준히 하면 현명해지고 마음이 유약하더라도 강해질 것이라고 공자는 말합니다. 자기계발의 근본이 되는 마음이 바로 성실인 겁니다. 이는 반론할 여지가 없습니다.

남을 이롭게 하는 마음을 일으키려면 '지, 인, 용'이 필요합니다. 배우기를 좋아하고, 실천하며, 반성하는 꾸준함이 요구됩니다. 이런 성실함을 유지토록 하는 마음이 '성(誠)'입니다. '성'은 배워도 모르겠고 실천해도 즐겁지 않고 생각대로 되지 않고 사리판단에 어두워 이해되지 않는 불안함을 이겨낼 수 있도록 하는 마음 자세입니다. 그 마음의 본질은 "한 번에 안 되면 천 번하면 되지 뭐!"라는 여유로운 자세입니다. '꾸준한 배움과 실천 그리고 반성을 포기하지 않는다면 끝내 성취될 것이다'라는 식상한 이야기입니다만 간단하고 명료한 것이 진리임을 우리는 잘 알고 있습니다.

도(道)의 이야기입니다. 인간을 이롭게 하려는 삶의 자세가 도입니다. 홍익정신은 돌연변이처럼 불쑥 나타나는 게 아닙니다. 한국인의

K-Culture의 홍익인간, 팬데믹을 이겨내다

정체성에 내재된 지·인·용이 어느 순간 폭발적으로 넘쳐날 때 등장합니다. 꾸준한 마음, 무궁화가 왜 한국의 국화인가요? 인내와 끈기를 대변하는 꽃이기 때문입니다.

똑바로 알아야 합니다.
내 본성이 무엇인지 똑바로 알아야 하고
내 본성과 맞지 않으면 돌려놔야 합니다.
한국인의 본성은
널리 인간을 이롭게 하는 홍익정신입니다.
나라가 위기에 처하자 한국인은 자신을 희생하고
남을 먼저 생각합니다.
끝내 위기를 극복하고 한국인의 긍지를 보여줬습니다.
한국인의 본성이 원래 그렇습니다.
홍익의 마음을 쉬지 않으니 높고 밝아집니다.
세상에 우뚝 선 한국을 보고 있습니다.

弘

益

PART 04

人

間

4부

홍익의 마음,
배우고 실천하고 반성하라

중용 21장~26장

중용 21장

똑바로 알아라

●

성(誠)에서 밝음으로 발현되는 과정을 성(性)이라 말한다.
밝음에서 다시 성(誠)으로 발현되는 과정을 교(敎)라고 일컫는다.
성하면 밝아지고 밝아지면 곧 성해진다.

앞서 20장에서 성(誠)을 설명했습니다. 배우고 실천하고 반성하는 과정으로 널리 인간을 이롭게 하려는 마음을 잃지 않도록 하는 게 성(誠)입니다. 한 번에 안 되면 천 번 하면 된다는 성실한 마음가짐입니다.

성(誠)에서 밝음으로 발현되는 과정인 '하늘의 도'를 성(性)이라고 부릅니다. 꾸준한 배움과 실천으로 끝내 하늘의 도가 밝게 드러납니다. 인간이 하늘의 도를 밝힌 게 아니라 인간이 배우고 실천하자 하늘이 도를 드러내 줍니다. 하늘이 밝게 드러내 준 성은 본성 또는 본질을 말하겠지요. 서구식으로 표현하면 '앎'이며 '이데아'가 됩니다.

밝음(하늘의 도)에서 다시 성(誠)으로 발현되는 과정을 '인간의 도'

라 하고 이를 교(敎)라고 부릅니다. 앎은 지식이며 지식은 힘이며 힘은 문화이며 문화는 문명이 됩니다. 개인의 실천과 배움이 거대한 문명의 바탕이며 문명은 하늘의 도에 벗어나지 말아야 합니다. 인간은 하늘의 선한 도를 어긋남 없이 구현해야 한다는 말입니다. 하늘의 도에 어긋난 문명은 악이 됩니다. 교(敎)는 그대로 번역하면 가르침입니다. 어떤 가르침일까요? 하늘의 도와 인간의 도는 서로 선(밝음)한 순환관계에서 구현된다는 사실을 가르쳐 주는 일입니다. 과학기술의 본질도 인간에게 있습니다. 사람이 먼저인 문명을 잊지 말 것을 당부합니다. AI의 과학기술도 인간을 담아야 합니다. 분석하고 쪼개는 기술은 인간의 정체성을 파괴합니다. 하늘의 도에 어긋난 일입니다.

인간의 본질이 드러나면 문명이 되고 문명의 본질은 인간입니다. 문명과 인간의 순환관계는 우주원리입니다. 확산하고 응축하는 우주의 본질입니다. 우주는 문명과 인간 사이에 긍정을 요구합니다. 순환관계가 바로 행복입니다.

현대는 선한 순환관계의 본질에서 벗어나 있습니다. 앎은 문명이 되는데 문명이 하늘의 도(道)와 순환하지 않은 채 다시 앎으로 되돌아가 버립니다. 문명이 문명이 됩니다. 인간이 갈수록 사라지고 있습니다. 교육이 문명 속에서 인간의 본질을 찾게 해주는 역할을 못하고 있습니다. 앎이 인간을 밀어내고 앎을 또 다른 앎으로 몰아가고 있습니다.

20여 년 전 한국사회를 강타한 IMF는 엄청난 인식의 변화를 가져 옵니다. 평생직장을 평생직업으로 바꿔놓았고, 의리보다는 효율을 중요시하는 기업문화로 변화합니다. 국제 기준 평가에 민감해져서 비정규직 확산을 야기했습니다. 기업 지출경비에서 인건비와 이와 연관된 경비가 차지하는 비율이 꽤 높은 편입니다. 언제나 조율 가능한 비정규직은 일반경비를 조절하는데 큰 도움이 됩니다. 대기업 은 순이익 증대를 위해 협력사의 순이익을 조절합니다. 그래서 대기 업은 경기가 좋지 않아도 경제지표에 큰 영향을 받지 않습니다. 반 면에 중소기업은 대기업의 안정성과 비례하여 악화됩니다.

개인이 사업을 직접 운영하기보다 회사에 근무하는 이유는 안정 성 때문입니다. 투자자나 경영자의 리스크에 대한 부담을 포기한 대 신 작지만 일한 만큼 월급을 받습니다. 그래서 가장은 노동시간만큼 돈을 버는 보람으로 열심히 희생했습니다. IMF 이전만 해도 비정규 직과 정규직 간에 큰 차별이 없었습니다. 대기업과 중소기업 간에 월급도 많은 차이가 나지 않았습니다. 그러나 IMF로 효율이 중요해 지면서 모든 것이 변화했습니다.

저는 서울에서 직장생활을 했습니다. 심적으로나 육체적으로 쫓겨 살았습니다. 대구로 귀향하여 정착한 지 10년이 지난 이제야 서울살이가 왜 힘겨웠는지 이해됩니다. IMF 이후로 경제적 격차가 심화된 것도 그 이유겠지만 정신적인 부분도 무시할 수 없었습니다.

처음 직장생활을 할 때 기업의 쟁점은 '리더십'이었습니다. 유비의 리더십을 무시하고 조조의 리더십을 배운 때였습니다. 20년이 지난 현재의 리더십은 '셀프 리더십'을 강조합니다. 리더십이 얼마나 대단한지 리더십 교육은 한 세대가 다 돼 갑니다. 시간이 지나면서 리더십은 '설득의 기술'과 합쳐집니다. 어떻게 상대방을 설득하여 금전적인 이익을 볼 것인가, 회사원들은 리더십에 설득을 배워야 했습니다. 그 뒤에 리더십과 설득은 협상으로 진화합니다. 상대방을 굴복시켜야 하는 설득은 불신을 야기해버립니다. 그래서 적당하게 협상하는 방법을 배워야 했습니다. 리더십과 설득과 협상은 이내 '소통'의 주제로 넘어갑니다. 협상을 위해 소통의 방법을 배워야 했습니다. 현재 리더십은 설득과 협상과 소통의 융합 시대로 진화했습니다.

변화에 적응하기 위해 항상 바쁘게 배워야 합니다. 물질적인 증대뿐 아니라 삶에 적응하기 위해 살아야 합니다. 자신의 의지로 도전하기보다 견디는 데 집중할 수밖에 없습니다. 이내 개인은 극심한 피로를 얻습니다. 욜로니 먹방이니 여행이니 하면서 피로를 풀려고 합니다. 하지만 일상에 쌓인 피로를 풀기 위한 여행의 목적이 사라집니다. 국내는 그냥 마실이고 해외는 다녀와야 여행입니다. 피로의 해소도 목적이 아니라 경쟁과 시기가 바탕되는 구분짓기의 결과물이 되었습니다. '나는 이만큼 먹고 여행하면서 피로를 푼다. 그래서 행복하다. 부럽지!' 이마저도 경쟁이 됩니다. 항상 쫓겨 살아야 합니다. 무엇이든 이겨야 합니다. 지하철에서 이유도 없이 뜁니다. 매일 바쁘게 배우고 한 발걸음 더 뛰어야 합니다.

앎을 실천하기 전에 또 다른 앎을 배워야 합니다. 순환이 되지 않습니다. 앎이 문명이 되고 문명이 앎이 되지 못한 채 앎이 앎으로 진화됩니다. 행복은 갈수록 더 멀리 있습니다.

좀 늦더라도 배우고 실천하고 반성하는 과정이 필요합니다. 저 멀리 뛰어가서 반성하겠다고 하니 반성도 힘겹습니다. 앎과 실천의 간격을 좁혀야 합니다.

배우고 실천하고 반성하는 과정을 하며, 널리 인간을 이롭게 하려는 마음을 잃지 않도록 하는 게 성(誠)입니다. 꾸준한 배움과 실천은 끝내 밝게 드러나기 마련입니다. 그것을 성(性)이라 합니다. 배움에 급급하지 말라고 21장은 권합니다.

가족끼리는 경쟁을 잘하지 않습니다. 경쟁은 우열을 가리고 등급을 매기는 일입니다. 유학은 경쟁을 주장하지 않습니다. 유학은 발전을 논하지 않습니다. 물론 발전의 논리에 비춰보면 경쟁이 필요하겠지만 유학의 목적은 조화로운 삶입니다. 그래서 선비들은 경쟁하는 스포츠를 하지 않았습니다. 유일한 스포츠가 활쏘기입니다. 개인이 잘하면 모두가 일등 되는 스포츠입니다. 경쟁이 생기면 반드시 꼴찌는 일등을 시기합니다. 시기하면 갈등이 생기고 갈등은 일등도 못살게 만듭니다. 유학은 그래서 발전모델이기보다는 공정모델을 추구합니다.

경쟁은 나만 잘해야 하며, 같이 잘하면 살아남을 수 없도록 만듭니다. 개인 중심적으로 갈 수밖에 없습니다. 유학은 경쟁을 터부시하는 '우리공동체주의'입니다. 공동체에서 나는 어떻게 해야 하나? 그래서 관계가 중요한 겁니다. 사회갈등을 치유하는 방법이 될 수 있습니다. 사람 됨됨이는 잘났을 때 하는 말이 아니라 서로 잘 챙길 때 하는 말입니다.

경쟁 만능의 시대, 경쟁은 초등학교 때부터 죽을 때까지 우리를 피곤하게 만들고 인간성을 말살시킵니다. 욕망을 좇는 것도 경쟁입니다. 유한한 인간의 삶은 욕망이 경쟁을 부추기고, 경쟁의 부추김은 갈등을 야기하고 갈등을 원만하게 해결하지 못하면 공멸할 수밖에 없습니다.

물질의 발전도 중요하지만 관계의 '우리공동체주의' 발전도 중요합니다. 한쪽으로 치우치면 반드시 공허함이 존재합니다. 물질의 발전과 정신의 발전 모두 양단에서 고려해야 합니다. 우리는 홍익의 한 가족입니다.

한국인은 자기희생을 두려워하지 않는 민족입니다. 그런데 여러 사상이 섞이면서 세계는 개인 중심으로 흘러가다 보니 혼란이 왔습니다. 남을 위해 사는 DNA가 나를 위해 사는 세상으로 변질되니 힘겹습니다. 내 몸에 맞지 않는 옷을 입고 있으니 외롭습니다.

『미움받을 용기』라는 책의 주장처럼 몇 년간 자기 자존감을 우선시하는 인문 기조가 있었고, 소확행과 욜로를 말하는 시대로 변하고 있습니다. 저는 이런 측면에 대항합니다. 자기 자존감보다는 좀 더 가족 중심 문화를 지향해야 한다고 하면 별로 안 좋은 소리를 듣습니다. 인문을 하는 분들도 구시대적 발상을 하냐고 지적합니다. 제가 말하는 가족 중심은 남성 중심의 변질된 성리학에서의 가족을 말하는 게 아닙니다. 일방적인 충과 효가 강조되는 수직관계의 가족이 아닌 수평적인 상호 소통의 가족관계를 의미합니다. 한국의 원래 정체성을 가족에서 찾아야 합니다. 개인 중심은 서구적 사고입니다. 우리는 집단 특히 가족 중심적 사고에서 비롯됐습니다. 나를 비롯하여 가족으로 널리 인간을 이롭게 하는 홍익정신이 한국인의 정체성이기 때문입니다.

관계의 시작은 부부입니다. 가족은 인간관계의 시작입니다. 가족이 친밀하면 친구와 사회가 친밀해집니다. 인간관계가 배제된 앎과 물질은 피로 해소와 조급증에 대한 잠시 잠깐의 수혈일 뿐입니다.

K-Culture의 홍익인간, 팬데믹을 이겨내다

중용 22장

내 본성대로 해라

배우고 실천하고 반성하며 널리 인간을 이롭게 하려는 성(誠)의 마음을 지속하면 자기 본성이 완전히 구현된다. 자기의 타고난 본성을 완전히 구현해야 다른 사람의 본성을 완전히 드러낼 수 있다. 사물의 본성을 이해해야 하늘의 이치로 만물을 만들고 자라도록 도움을 줄 수 있다. 그럴 때 내가 세상과 완전한 일체가 된다.

앞서 1장에서 하늘이 명령하는 것을 '성(性)'이라고 했습니다. 유교에서는 인(仁)이라 불리고 불교에서는 자비(慈悲)며 기독교와 이슬람교는 사랑입니다. 하늘의 명령은 '인'이며 '자비'이며 '사랑'입니다. 그리고 한국에 특별히 내려진 명령은 '홍익인간'입니다. 널리 인간을 이롭게 하는 일이라고 해석했습니다. 그리고 21장에서 배우고 실천하고 반성하는 과정으로 널리 인간을 이롭게 하려는 마음을 잃지 않는 것이 성(誠)이라고 했습니다.

성(誠)의 마음을 지속할 때 불현듯 깨달아서 내게 주어진 하늘의 명령을 발현하게 된다고 합니다. 널리 인간을 이롭게 하는 일입니다. 인간을 널리 이롭게 하는 일에 정해진 바는 없습니다. 누군가는 몸으로 실천하기도 하며, 누군가는 금전적인 도움을 주기도 합니다. 심리상담가 역할을 하거나, 친구가 되거나, 부모가 되거나, 행정 지원도 가능합니다. 이도 저도 힘들면 매월 정해진 대로 기부금 납부로도 가능합니다. 어떤 일이 좀 더 고귀하고 희생적이라고 정의할 수 없습니다. 몸으로 실천하는 것만이 진정한 희생은 아닙니다. 돈으로 지원한다고 세속적이라 해서도 안 됩니다. 돈이 있어야 몸으로 실천하는 사람의 활동이 편한 경우가 많습니다. 무료급식 봉사를 하는 사람도 누군가 급식비를 지원해줘야 가능합니다.

중용은 말합니다. '사람을 돕는 일에 정해진 바는 없다. 자신의 기질대로 본성대로 편한 대로 실천하라' 합니다. 타고난 본성대로 하는 겁니다. 본성대로 해야 지치지 않습니다. 내가 내 본성대로 하는 모습을 보여야 타인을 움직입니다. 몸으로 실천하길 부담스러워하는 사람도 있습니다. 그런 사람이 억지로 몸으로 실천하면 인상을 쓰며 봉사하게 됩니다. 서로에게 좋지 않습니다. 사람은 서로 감응합니다. 내가 즐겁고 내가 편해야 상대방도 편하고 즐겁습니다.

벌써 30년이 지난 일입니다. 예전에 살던 동네 인근에 정신지체장애아 전문학교가 있었습니다. 고등학생 때 교회에서 만난 친구가 그학교에 있었습니다. 소아마비였던 친구는 갓난아이였을 때 부모에게 버려져 그곳에서 자랐습니다. 저는 그 친구와 격의 없이 지낸 탓에 자연스레 시설 봉사를 하게 됐습니다. 주일예배를 마치면 교회 인근에서 놀거나 시설학교로 우르르 몰려가 어울리곤 했습니다. 그러면서 서서히 삶의 부조리를 깨달았습니다. 부모의 보호 아래 편히 지내는 아이도 있지만 부모에게 버림받아 사랑에 목마른 아이들도 존재한다는 것 말입니다.

그때부터 심적 부담이 생겼습니다. 평범한 친구가 결핍된 사람이라고 인식되면서 어울림은 봉사가 되었습니다. 이후로 매번 불편함을 감수하며 찾아가는 시설학교는 더 이상 즐겁고 재미있는 곳이 아니었습니다. 마음이 즐겁지 않으니 몸이 편할 리 만무합니다.

한창 고민할 때 다른 친구의 말은 생각의 전환을 일으켰습니다.

"소화장애가 있어서 일 초도 변기에서 벗어나지 못하는 은정이나 광식이(얼굴과 골격은 분명 남자인데 여자다)와 같은 아이들이 뭐 별반 차이 있나. 같은 하나님의 은총(그녀는 믿음이 충만한 아이였고 본성이 친구들과 잘 어울리는 성격이었다)으로 살아가는 인간인데. 친구와 놀다보면 싸울 때도 있고 웃을 때도 있잖아. 여기나 저기나 별반 차이 없어. 어울리는 거 자체가 즐겁잖아."

별다른 감흥 없이 툭 던진 말 한마디는 위로가 되었습니다. 그 친구는 어울리는 게 본성인 사람이며 몸으로 실천하는 게 편한 사람입니다. 나는 인내심이 장점입니다. 고등학교 3학년이 되어 바쁠 때도 홀로 시설학교를 찾았습니다. 특별히 몸으로 하는 봉사도 아니고 아이들과 어울려 놀지는 못했지만, 시설 친구들과 인사하고 정겹게 한마디 나누는 것이 내가 가장 잘할 수 있는 일이라 즐거웠습니다. 아무것도 아닌 일이 내가 할 수 있는 최선의 행동이었습니다. 그게 나다운 겁니다. 내 본성대로 행동할 때 내 본성을 이해할 수 있었습니다. 그게 성(性)이 발현하는 과정이라 여겨집니다.

인간에게 본성이 있듯이 사물에도 본성이 있습니다. 사물의 본성을 이해해야 자연과 일체가 된다고 중용은 말합니다. 하지만 자연의 정복자가 되어서는 안 됩니다. 자연 위에 서면 파괴가 정당화됩니다. 선진국들이 산업혁명과 종교의 권위로 자연의 파괴를 정당화하면서 지금의 온난화 문제를 야기했습니다. 이제야 문제의 심각성을 깨닫고 대책 마련을 해야 한다며 호들갑을 떨고 있습니다. 중용은 사물에 대한 도덕적 책임을 잊어버리지 말라고 합니다. 그래야 세상과 완전한 일체가 된다고 말합니다. 하늘, 땅, 인간은 하나입니다.

공부의 목적은 이익과 급여가 아닙니다.

충서(忠恕)에서 충은 자신에게 최선을 다하는 것을 의미합니다. 자신을 사랑하고 자신에게 최선을 다하는 것이 충(忠)입니다. 충성할 때의 충(忠)과 의미가 다릅니다. 몸을 닦는 것이 충입니다. 몸을 먼저 잘 닦아야 올바른 관계를 맺을 수 있습니다. 이렇게 시작하는 공부가 위기지학(爲己之學)입니다. 유학에서 사람은 서양에서 말하는 사람과 달리 관계적 존재로 봅니다. 고립적 존재가 아닙니다. 사람답다는 말은 누군가와 관계를 잘 맺는다는 뜻입니다. 아버지와 관계를 잘 맺고 형제와 관계를 잘 맺는 사람이 군자입니다. 스스로 차분해져야 좋은 관계를 맺을 수 있습니다.

예전에 선생이라 함은 지식 전달자가 아니라 인격을 올바르게 형성시켜 주는 존재였습니다. 군사부일체라는 말이 있습니다. 아버지가 나의 생명을 만들어 준 존재라면 선생은 나를 사람도리 하도록 만들어 준 존재입니다. 확대한다면 군주는 태어난 사람을 보존하는 사람을 의미합니다. 나를 인간으로 살아갈 수 있도록 만들어 준 존재가 아버지고 스승이고 군주라는 맥락입니다.

과거 성현은 '위기지학' 즉 자신을 위한 학문에서 시작합니다. 공부의 목적은 다른 사람과 함께하는 관계적 존재에서 찾기 때문에 타인과 연결시킵니다. 그러므로 인간을 고립적 존재로 보면 공부의 목적이 이상해져 버립니다. 인간은 원래 관계적 존재이므로 나를 위한 공부가 바로 남을 위한 공부가 되는 것입니다. 그래서 조선시대에 진정한 선비들은 벼슬하고 문장 짓고 하는 일을 긍정적으로 보지 않았습니다. 돈과 벼슬을 목적하는 공부를 부정적으로 봤습니다. 물론 벼슬하는 것을 극단적으로 부정하지는 않았습니다. 열심히 공부하다 보니 타인이 알아주고, 그리고 벼슬을 해야 진정한 치인(治人)을 할 수 있기 때문입니다. 일반적으로 사람은 이익과 급여를 우선하는 공부를 합니다. 경쟁으로 고립된 사람은 관계에서 끊어지므로 외로울 수밖에 없는 겁니다.

요즘은 규칙과 금지조항과 법률이 구체화, 세분화되고 있습니다. 인성이 배제된 상황에서 사회질서를 유지하려면 부득불한 조치입니다. 규약과 금지조항의 테두리에서 움직여야 하는 관계는 개인의 자유를 억압하고 고립된 인간을 양산합니다. 위기지학의 학문이 된다면 규약과 금지조항이 불필요합니다. 이웃을 사랑하면 세세한 법률이 필요 없습니다.

중용 23장

바르지 않는 것은 돌려놔라

다음으로 힘써야 할 것은 곡(曲)에 이르는 것이다. 곡(曲)이란 사소한 사물조차 지극한 정성을 다한다는 의미다. 사소한 사물에도 성(誠)이 있게 되면 사물의 이치가 형상화된다. 형상화되면 드러나게 된다. 드러나게 되면 밝아진다. 밝아지면 움직인다. 움직이면 변한다. 변하면 달라진다(化). 이처럼 천하의 지극한 성(誠)만이 만물을 생육(化)한다.

사소한 일도 극진히 하는 게 곡입니다. 치곡(致曲)이라 합니다. 합니다. 바르지 못한 것을 정성스럽게 돌려놓으려는 마음입니다. 23장을 정리하면 사소한 사물에도 성(誠)하면 드러나고, 드러나면 밝아지고, 밝아지면 움직이고, 움직이면 변하게 되고, 변하게 되면 결국 고쳐지게 된다는 말입니다.

22장에서 선진국들이 산업혁명과 종교의 권위로 자연의 파괴를 정당화하면서 지금의 온난화 문제를 야기했다고 했습니다. 그러면서 사물 즉 자연에 대한 도덕적 책임을 잊어서는 안 되며, 하늘, 땅,

인간은 하나라고 했습니다. 이 부분을 설명해 보고자 합니다.

자연(사물)을 대하는 사상은 크게 두 가지 형태가 있습니다. 장자의 사상과 데카르트의 사상입니다. 먼저 장자의 생각입니다. '호접지몽' 에 그 의미가 담겨 있습니다.

호접지몽이라는 말은 『장자』 「제물론」 편에 나오는 이야기입니다. 장자가 배불리 점심을 먹고 따뜻한 볕에 앉았다가 그만 잠이 들고 맙니다. 배부르고 등 따시니 꿀잠 잤을 겁니다. 그때 꿈을 꿉니다. 나비가 되어 꽃들 사이를 즐겁게 날아다니다 설핏 깨어 보니 자신이 사람이 되어 있습니다. 막 꿈에서 깬 장자는 몽롱한 가운데 자기가 꿈속에서 나비가 된 것인지, 나비가 자신이 된 것인지 헷갈려 합니다. 자신과 나비는 별개의 존재인데 그것을 구별하지 못하는 것에 대해 생각합니다.

결론적으로 장자는 자신과 나비는 눈앞에 보이는 사물로서는 구별되지만 사물의 원래 모습이나 의미의 절대적인 변화는 없다고 추론합니다. 이는 꿈과 현실을 구분하는 것 자체가 의미 없으니 자연물과 나의 자아는 하나가 된다는 '물아일체' 사상을 낳게 됩니다. 장자는 사람이 자연으로 돌아가는 것은 지극히 당연한 일이라며 자신이 죽으면 땅에 묻지 말고 길거리에 버려두라고 유언을 남깁니다.

"지금 나라고 믿고 있는 것과 자연이라는 개체는 다르지 않다. 내가 자연이고 자연이 나다." 이 말은 인간과 자연의 공존을 의미합니다. 자연과 나는 동일하므로 환경을 파괴하는 것은 곧 나를 파괴하는 것과 같습니다. 그런 이유로 우리 조상들은 자연경관에 맞춰 건물을 지었습니다. 반면에 서양이나 일본은 건물을 만든 후에 인공적으로 자연조형을 꾸밉니다.

데카르트는 근대 서양 철학사상의 아버지로 추앙받습니다. 데카르트 하면 떠오르는 유명한 말이 '나는 생각한다. 고로 나는 존재한다' 입니다. 이 말에 사물에 대한 관점이 담겨있습니다.

데카르트가 어느 추운 날 난로 옆에서 철학적 사색을 즐기다가 자신도 모르게 잠이 들었습니다. 기분 좋은 꿈을 꾸다가 난로를 건드리게 되고 '아 뜨거' 하며 깜짝 놀라 잠에서 깹니다. 비몽사몽 중에 데카르트도 사고합니다. '혹시 난로에 데여 뜨거운 건 거짓이 아닐까? 내가 알고 있는 뜨거움이 꿈에 불과하거나 악마가 뜨겁다고 속이는 건 아닐까? 라는 가설을 세우게 됩니다. 그런 생각 끝에 데카르트는 첫 번째 규칙을 정합니다. "내가 아는 모든 것들을 일단 의심하고 회의하는 것. 그래서 도무지 의심할 수 없는 것에 도달하는 것이 학문의 시작이어야 한다."

그런 생각 끝에 명확한 결론을 내립니다.

"나는 모든 것이 의심스럽다. 내가 이렇게 의심하고 있다는 것. 내가 이렇게 의심하면서 의심하고 있다는 것을 알고 있다는 것. 그리고 알고 있는 내가 여기에 분명히 있다는 것은 의심할 수 없을 뿐 아니라, 내가 확실히 아는 가장 단순한 것이다."

"이 세상에서 근본적인 진리는 생각하는 나밖에 없다. 내가 중요하다."

데카르트의 사고는 나를 인식하는 주체로 해석합니다. 그래서 자연은 내 맘대로 할 수 있는 대상이 됩니다. 산업혁명의 정당성을 부여합니다. 자연은 발전을 위한 소모품일 뿐입니다.

확산은 양의 기운이고 응축은 음의 기운입니다. 양의 기운은 기온 상승을 증폭시키고 음의 기운은 기온 상승을 둔화시켜 복원력으로 작용합니다. 자연은 음양의 자동조절시스템으로 조화롭게 움직였습니다. 자연은 인류가 배출한 이산화탄소의 충격을 완화해 왔습니다. 양의 기운으로 배출된 이산화탄소를 식물이 30% 응축시켰고 해양이 23% 흡수합니다. 대기 중에서 47%만이 떠돌고 있습니다. 그리고 바다가 열기의 90%를 응축합니다. 자연은 이렇게 확산과 응축 시스템으로 스스로 지켜왔습니다. 이런 귀신의 조화가 없었다면 기온은 엄청나게 올라갔을 겁니다.

대기 중 이산화탄소 농도는 산업화 이후 약 40% 증가했다고 합니다. 이산화탄소는 사라지는 게 아니라 차곡차곡 쌓이게 되는데 10년

마다 기온을 0.17도씩 상승시키고 있습니다. 화력이 점차 더 강해지고 있습니다.

자연은 불안정한 상태를 회복시킬 수 있는 자동조절시스템을 가지고 있습니다. 그러나 충격을 감당할 수 없을 정도가 되면 스프링이 탄성을 잃어버리듯 복원력을 상실하게 됩니다. 자연은 지금 정복의 대가로 임계점에 다다랐습니다.

위험을 인지한 사람들은 2015년 파리기후변화협약에서 산업혁명 이전보다 지구 평균기온 상승을 2도 아래로 유지하되 1.5도를 넘지 않게 노력하기로 협의합니다. 현 인류가 촉발한 지구의 평균기온 1도 상승으로 인해 전 세계적으로 폭염, 가뭄, 홍수와 강력한 태풍의 위협을 받고 있습니다.

지극한 성(誠)이 조화(化)를 만듭니다. 공존보다는 활용의 대상이었던 자연이 인간에게 어떻게 되돌아왔는지 이해하실 겁니다. 공존보다는 파괴가 중첩되어 나타난 결과입니다. 자연 파괴는 인간 파괴의 위험을 경고합니다. 지금이라도 장자의 호접지몽을 깨쳐야 합니다. 공존의 마음으로 되돌려야 합니다. 과학의 치우침에서 벗어난 중용의 마음이 필요합니다.

안타깝게도 미국은 파리기후변화협약에서 탈퇴하겠다고 발표했습니다. 자국의 산업발전이 우선인 이유입니다. 산업혁명 이후 자연의 이런 응징에도 불구하고 카운터펀치를 날립니다. 비통하기 그지 없습니다. 트럼프 대통령을 욕할 일이 아닙니다. 우리도 공존보다 발전을 우선하지 않습니까? 어쩌면 난 이런 사람이야 하며 공격적인 면을 드러내는 것이 차라리 은밀하게 뒤에서 수군거리는 것보다 나을지 모릅니다. 알면 대처가 가능하지만 모르면 간암 말기가 되어 뒤늦게 손쓸 기회조차 없게 됩니다.

중용이란 끊임없이 변화하는 것입니다. 사소한 사물에 성(誠)을 하면 드러나고, 드러나면 밝아지고, 밝아지면 움직이고, 움직이면 변하게 되고, 변하게 되면 고쳐집니다. 온난화 문제도 거대하게 시작될 문제가 아닙니다. 사소한 것부터 성실하게 실천해 나가면 밝아지고 움직이고 변화하고 고쳐집니다. 자연을 이롭게 하는 게 인간을 이롭게 하는 일입니다. 이 시대 홍익 중용은 그래서 더욱 절실하게 필요합니다. 홍익은 인간을 이롭게 하는 것과 자연을 이롭게 하는 두 가지 측면을 고려한 말입니다.

K-Culture의 홍익인간, 팬데믹을 이겨내다

위기를 기적으로 실천한 한국인

지극한 성(至誠)의 도를 구현한 사람은 앞날을 미리 알아챈다. 국가가 흥할 때는 반드시 좋은 조짐이 나타나며, 국가가 망할 때는 반드시 불길한 조짐이 나타난다. 길흉의 조짐은 산대점이나 거북점에서 나타나고 몸에서 느낀다. 지극한 성(誠)의 도를 구현한 사람은 나쁜 일이나 복된 일이 생기기 전에 먼저 알고 몸가짐을 조심한다. 뛰어남이 하늘과 같다.

 지성의 도를 구현한 사람은 세상일이 일어나기 전에 미리 알 수 있다고 합니다. 물론 스티브 호킹 같은 미래 예측자만을 지칭하는 게 아니라, 현재 사회현상을 이해하고 앞으로 문화 흐름이 어떻게 흘러갈지 정확히 예측하는 사람을 뜻합니다. 스티브 잡스의 스마트폰 개발을 대표적인 사례로 뽑을 수 있습니다. 그렇다면 지성을 구현한 사람은 인문의 흐름을 미리 읽는 사람이 됩니다.

 스티브잡스가 아이폰을 출시하며 했던 강연내용을 옮겨보겠습니다.

사람들은 가장 진전된 전화기를 '스마트폰'이라고 부릅니다. 하지만 문제는 이 스마트폰이 그다지 똑똑하지 않으며, 사용하기도 쉽지 않다는 겁니다. …… 우리는 지금까지 나온 어떤 휴대용 기기보다 훨씬 똑똑하며 사용하기 쉬운 진일보한 제품을 만들고 싶었습니다. 아이폰이 바로 그런 제품입니다. 우리는 아이폰을 통해 전화기를 재발명하고 혁신적인 사용자 인터페이스를 선보일 것입니다.

그렇다면 왜 혁신적인 사용자 인터페이스가 필요할까요? 여기 흔히 용의선상에 오른 4종의 스마트폰인 모토롤라, 블랙베리, 팜 트레오, 노키아가 있습니다. 이 제품들의 사용자 인터페이스는 무엇이 잘못되었을까요? 바로 하단에 40퍼센트를 차지하는 부분입니다. 바로 여기 말이죠. 이 제품들은 모두 필요하든 필요하지 않든지 항상 키보드를 달고 있습니다. 또한 고정된 플라스틱 제어 버튼들도 달고 있습니다. …… 버튼과 제어부를 바꿀 수 없습니다. 이 문제를 어떻게 해결해야 할까요?

우리가 한 일은 모든 버튼을 없애고 커다란 스크린만 단 것입니다. 그러면 어떻게 커뮤니케이션을 할까요? 마우스를 들고 다닐 수는 없잖아요? 스타일러스를 쓸까요? 아닙니다. 누가 스타일러스를 쓰고 싶어합니까? 스타일러스도 없애야 합니다. 우리는 세계 최고의 지시 도구, 우리 모두가 타고난 지시 도구를 쓸 겁니다. 바로 손가락이죠. 또한 멀티 터치하는 새로운 기술도 개발했습니다. 이 기술은 마술

K-Culture의 홍익인간, 팬데믹을 이겨내다

같습니다. 지금까지 나온 어떤 터치 디스플레이보다 훨씬 정확합니다. 엄청나게 똑똑하죠. 여러 손가락을 써서 제스처를 활용할 수 있습니다. 우리는 특허까지 받았습니다.

스티브잡스는 기존 전화기에 개인 컴퓨터를 탑재하고 전통적인 입력장치인 키보드나 마우스를 대신하여 손가락을 이용한 입력방식을 제안합니다. 혁신적인 사고의 결과였습니다. 미래 사람이 무엇을 희망할 것인지 정확히 예측하여 제품을 탄생시켰습니다. 2007년 6월 출시된 아이폰을 필두로 세상은 스마트폰 없는 일상은 상상할 수 없는 시대가 되었습니다. 불과 10년도 안 되어 나타난 문화 현상입니다. 지성의 도를 구현한 사람은 미래를 예측할 수 있는 힘이 있기 때문에 엄청난 일을 해냅니다. 스티브잡스는 인문 흐름을 물질적인 면으로 전환시킨 사람입니다. 그는 인문을 자본화시키는데 성공한 사람입니다.

잡스처럼 인문을 자본화할 능력자가 있는가 하면 인성의 완성으로 성취할 수도 있습니다. 지성의 도를 구현한 사람은 사회문화의 흐름을 읽고 국가의 흥망을 이해할 수 있는 사람이라고 소개됩니다. 흥망의 상황에서 그에 맞춰 중용의 도를 실현하는 것이 인성입니다. 국가 및 사회가 긍정적일 때는 그 원인을 쫓아 좋은 것을 먼저 알고 좋지 않으면 몸가짐을 조심하는 게 지성의 도를 구현한 사람입니다.

광복 후 한국전쟁의 폐허에서 시작했지만 한 세대만에 아시안 게임과 올림픽을 개최할 정도로 도약합니다. 그러나 불과 10년 후 국가파산상태에 이르러 IMF 구제 금융을 받아야 했습니다. 한국인은 위기를 이겨내기 위해 금 모으기 운동과 아나바다(아껴쓰고, 나눠쓰고, 바꿔 쓰고, 다시 쓰기) 운동을 펼칩니다. 금 모으기는 각 개인이 소유한 금붙이를 모아 나랏빚을 갚겠다는 운동이었습니다. 자신의 이익보다 나라를 사랑하는 한국인의 용기와 단결력에 세계가 깜짝 놀란 사건입니다. 비록 국민들이 가지고 있던 금붙이의 총량은 나랏빚을 갚는데 턱없이 부족했지만 IMF에 깊은 감동을 주었고 빚 독촉과 국가 간섭을 완화하는 결정적인 역할을 합니다. 한국인의 꾸준한 의지로 4년 만인 2001년 외환위기에서 벗어납니다.

2002년은 세계 축구인의 축제인 한·일 월드컵 경기를 성공리에 치러 한국인의 저력을 전 세계에 보여줍니다. 수백만 명이 붉은 티셔츠로 거리를 물들이며 응원전을 펼쳤습니다. 우리는 폭력 없고 쓰레기 없는 선진 시민의 면모를 보여줬습니다.

2007년 12월 태안 기름유출 사건은 잊을 수 없습니다. 이 사고는 국내에서 발생한 가장 심각한 해양오염 사고로 기록됩니다. 삼성중공업은 47일간이나 침묵으로 일관하며 책임을 회피하는 형태를 보였고 정부의 빗나간 예측과 방제 전문성 부족으로 초기 진화에 실패하고 맙니다. 언론은 미담 발굴에만 몰두하고 지휘 체계 혼선으로 피해는 확산되고 맙니다.

사건을 일으킨 삼성중공업이나 정부의 부실 대응에 피해 복구의 선두에 선 것은 자원봉사자들이었습니다. 123만 명의 자원봉사자들이 오염된 기름띠를 제거하기 위해 태안으로 모여들었습니다. 결국 우리는 범국민적인 관심과 자원봉사자들의 헌신으로 위기를 이겨냈습니다. 사건 후 10년 만에 국내에서만 발견되는 장수삿갓조개와 굴 등이 다시 모습을 드러내며 수산물 어획량을 회복했습니다. 수십 년간 회복 불가능하다고 세계는 예측했습니다만 완전히 빗나가 버렸습니다. 지금의 태안은 아름다운 경치를 자랑하고 있습니다. 놀라운 기적입니다. 이 기적을 이루어낸 것이 바로 한국인의 정신입니다. 커다란 시련을 딛고 국가 위기를 극복하며 한국인의 정신을 전 세계에 알린 계기였습니다.

한국인의 정신을 지켜본 세계는 한국에 지극한 관심을 갖게 됩니다. 불가능을 가능케 한 한국인의 원동력이 무엇인지 궁금해합니다. 그 긍정적인 결과가 한류열풍으로 이어집니다. 한국의 K-Culture가 세계인을 사로잡고 있습니다.

한국인의 홍익 중용의 정신은 세계에 모범이 되고 있습니다. 남보다 먼저 타인을 이롭게 하려는 정신이기 때문입니다. 타인의 잘못을 질책하기에 앞서 지극한 정성으로 행동하는 홍익정신 때문입니다.

우리 한국인은 그런 지성의 도를, 한민족의 DNA를 반만년동안 물려받아 왔습니다. 단군의 홍익정신이 한국인을 위대하게 만들었습니다.

서양의 종교와 과학 때문도 아니고 중국의 성리학에서 비롯된 것도 아닙니다. 잠시 보수 성리학이 머물었고 외래문물이 사회를 잠식하고 있지만 한민족의 정신은 변함없이 지켜왔습니다. 지극한 성(至誠)은 우리에게 있습니다. 그래서 한국인은 하늘과 같은 존재입니다.

하늘의 길, 땅의 길, 인간의 길

성(誠)은 스스로 이룬다. 도(道)는 스스로 갈 곳으로 간다.

성은 사물의 시작이자 끝이다. 성하지 못하면 사물도 존재할 수 없다. 그러므로 군자는 성하려고 노력하는 것을 가장 중요한 덕으로 삼아야 한다.

성은 스스로 자신을 이룰 뿐 아니라 반드시 사물도 완성시킨다. 자신을 이룸을 인(仁)이라 하고, 사물을 완성함을 지(知)라 한다.

인(仁)과 지(知)는 인간이 원래 가지고 있는 본성이며 인간의 안과 바깥을 융합하는 도이다. 그러므로 어떤 일을 의도치 않아도 상황에 맞다.

도(道)라는 단어는 '길'이라는 의미를 담고 있습니다. 영어로 'way'에 해당하는 길은 세 가지가 있습니다. 천도, 지도, 인도입니다. 천도는 하늘의 길, 지도는 땅의 길, 인도는 인간의 길입니다.

하늘의 길은 자연의 순환을 내포합니다. 봄이 가면 여름이 오고 여름이 가면 가을이 오고 가을이 가면 겨울이 오고 겨울이 가면 봄이

오듯 순환의 의미를 담고 있습니다. 양의 기운이 점점 차오르다 가득 차면 음의 기운으로 기울고, 음의 기운이 가득하면 양의 기운으로 순환합니다. 이것이 하늘의 이치, 하늘의 길입니다.

인간의 길, 인도는 유학으로 정리하면 성인이 되는 길입니다. 성인이 되려면 성(誠)의 마음을 가져야 합니다. 배우고 실천하고 반성하며 널리 인간을 이롭게 하려는 마음에서 성인의 길이 시작되는 겁니다.

25장에서 군자는 성(誠)하려고 노력하는 사람이라 말합니다. 그리고 성(誠)하려고 노력하는 사람은 자신을 이루고 사물을 이룬다고 말합니다. 자신을 이룸을 인(仁)이라 하고, 사물을 이룸을 지(知)라고 했습니다.

인(仁)이라는 한자를 두 가지 의미로 해석해 보겠습니다.

첫 번째로 인은 사람(人)과 둘(二)의 합성입니다. 즉 인이라는 말은 인간관계를 의미합니다. 두 사람이 만나서 화합하는 일입니다. 원래 유학은 공동체 구성원끼리의 '안정'을 목적으로 합니다. 대표적인 것이 오륜입니다. 부부관계, 부자관계, 친구관계, 군신관계, 어른과 아이의 관계입니다. 긍정적인 인간관계를 어떻게 해야 하는지 제시하는 학문이 공자·맹자의 유학입니다. 현대적으로 처세술입니다. 인간관계에 있어 중요한 것은 바로 자신입니다. 내가 어떻게 함에

K-Culture의 홍익인간, 팬데믹을 이겨내다

따라 관계는 달라집니다. 그래서 나를 먼저 닦는 일부터입니다. 성하려고 노력하는 사람은 자신의 마음을 다스리는 사람입니다.

두 번째로 인은 하늘과 땅 사이에 인간이 있는 형상입니다. 즉 인이라는 말은 하늘과 땅과 인간의 관계를 의미합니다. '인간은 독립적이지 않다, 인간은 하늘과 땅의 순환원리에 의해 사는 존재' 라는 의미를 담고 있습니다. 사물이라는 말은 자연을 뜻합니다. 따라서 나와 자연의 일체를 아는 것이 지(知)입니다.

따라서 성하려고 노력하는 사람은 인간관계의 긍정성을 추구함과 동시에 그것이 자연과 화합하는지 고민하는 사람입니다. 국가사업에서 이런 것이 확연하게 드러납니다. 발전을 위해 자연을 파괴하는지 자연과 융합하는 것인지 고민해야 합니다. 마찬가지로 내가 하는 일이 자연에 해가 되는 일이 아닌지 먼저 살펴야 합니다. 그런 마음이 바로 성(誠)입니다.

인간과 법의 관계에도 성(誠)이 필요합니다.

『돈키호테』에는 126편의 에피소드가 있습니다. 특히 돈키호테가 무작정 풍차로 돌격한 에피소드를 대표적으로 떠올릴 겁니다. 돈키호테의 수행자 산초 판자는 섬의 영주를 시켜 주겠다는 약속을 믿고 함께 모험을 떠납니다. 돈키호테의 마지막 세 번째 모험 길에서 만난 공작부부는 장난으로 돈키호테와 산초 판자를 대접하며 그들의 반응을 즐깁니다. 공작 부부는 자신들이 가진 섬이 하나 있는데 그 영주 자리를 돈키호테의 대리로서 산초 판자에게 맡기겠다고 합니다. 인구 1,000명의 작은 시골 지역으로 부임하게 된 산초는 돈키호테의 약속대로 영주가 된 겁니다. 하지만 토박이 공무원들이 산초를 좋게 볼 리 없습니다. 낙하산 인사에다 글도 모르는 자가 자신들의 상사니 빨리 쫓아 보내려는 생각에 어려운 재판을 여러 차례 맡깁니다. 그런데 산초의 판결이 너무나 지혜롭고 현명하여 도무지 쫓아낼 명분을 찾지 못합니다.

그 대표적인 재판 과정을 소개합니다. 먼저 판결해야 할 문제는 집사와 그를 따르는 사람들 모두가 있는 자리에서 한 외지인이 그에게 던진 난제로, 이런 내용이었습니다.

"나리 강물이 엄청나게 불어나 한 영지를 두 개로 나눠 버렸습니다. 나리께서는 주의 깊게 잘 들으셔야 합니다. 이 문제는 중요하고도 아주 어렵기 때문이지요. 이 강 위에 다리가 하나 있는데요. 그 다리 한쪽 끝에는 교수대와 사람을 접견하는 집이 하나 있습니다. 그 집에는 언제나 네 명의 재판관이 있어서 그 강과 다리와 영지의 주인이 내린 법에 따라 판결을 내리곤 했습니다. 그 법이라는 게 이렇습니다.

'만일 누군가 다리를 이용해 한쪽에서 다른 쪽으로 건너가고자 한다면, 먼저 어디로 가며 무슨 일로 가는지를 맹세해야 한다. 진실로 맹세하면 건너가게 할 것이고, 거짓말을 하면 어떤 사면도 없이 저기 보이는 교수대에서 교수형에 처한다.'

이런 법과 법의 엄격한 조건을 알면서도 많은 사람이 다리를 지나갔습니다. 맹세한 것이 진실이라면 재판관들도 자유롭게 갈 수 있도록 내버려 두었지요. 그러다가 한 남자의 맹세를 들을 일이 있었는데, 이 남자가 맹세하기를 자기는 저기 있는 저 교수대에서 죽을 거라고 한 겁니다. 다른 일은 생각도 없다면서 말이죠. 재판관들은 맹세를 검토해 보고는 이렇게 말했답니다.

'만일 이 남자가 자유롭게 다리를 건너게 내버려 둔다면 거짓을 맹세한 셈이니 법에 따라 죽어야 한다. 하지만 그를 교수형에 처한다면 이자가 저 교수대에서 죽을 것이라고 맹세한 것이 진실이 되니 법에 따라 그를 자유롭게 가게 내버려 둬야 한다.'

그래서 통치자님, 재판관들이 그 남자를 어떻게 할 것인지를 나리께 물어 온 겁니다. 지금까지도 그들은 판결을 내리지 못한 채 주저하고 있다가, 나리의 예리하고 드높은 분별력에 대한 소식을 접하고는 이렇게 저를 보내 나리께 자신들을 대신해서 그토록 애매하고 꼬인 문제에 대한 의견을 주십사 청하게 한 것이지요."

한 남자의 도발적인 맹세는 상황을 애매하게 만들어 혼란에 빠트립니다. 교수형에 처할 수도 살려 둘 수도 없는 이 상황에서 과연 산초는 어떤 판결을 내렸을까요?

"그 사람이 진실을 맹세한 부분은 자유롭게 가게 내버려 두면 되는 것이고, 거짓을 맹세한 부분은 교수형에 처하면 되는 거요. 이런 식으로 하면 통과 조건을 지키게 되는 셈이지."

"그렇다면 통치자님…, 그 사람을 둘로 나눠야 할 텐데요. 거짓을 말한 부분과 진실을 말한 부분으로 말입니다. 그런데 둘로 나누려면 어떻게 해서든 죽여야 합니다. 이래선 법이 요구하는 바가 전혀 이루어지지 않는 것입니다. 법은 꼭 지켜져야 하는 데 말이죠."

"이리로 와 보시오. 착한 양반." 산초가 대답합니다.

"내가 미련퉁이가 아니라면 그대가 말하는 그 통과하고자 하는 사람은 살아서 다리를 건널만한 이유가 있고, 마찬가지로 죽어야 할 이유도 있소. 진실이 그 사람을 구한다면 마찬가지로 거짓이 그 사람을 처형할 것이기 때문이오. 사실이 그러하니, 내가 보기엔 나한테 그대를 보낸 그 재판관들에게 이렇게 말하면 될 것 같소. 그자를 처형하는 이유나 그자를 사면하는 이유가 저울에 똑같은 무게로 달리니 그자를 자유롭게 지나가게 하라고 말이오. 그건 나쁜 짓보다 착한 짓이 늘 칭찬받는 법이기 때문이오. 이것은 내 이름으로 서명해

줄 수도 있소. 이는 내 생각으로 말한 게 아니라. 내가 이 섬으로 통치하러 오기 전날 밤에 내 주인 되시는 돈키호테 나리께서 주신 많은 교훈들 중 하나인데 그게 문득 내 머리에 떠올랐지. 그건 판단을 내리기가 애매한 경우에는 자비 쪽으로 가서 자비에 호소하라는 교훈이었소. 하느님께서 지금 이 사건에 꼭 들어맞게 내가 그것을 기억하기를 원하셨던 게지."

장난으로 시작한 영주 놀이지만, 영주인 산초 판자는 훌륭한 법의 집행자로 우뚝 섭니다. 법은 보통 사람의 상식에 바탕을 두고 상식에 부합해야 합니다. 그리고 옳고 그름을 정확하게 제시해야 합니다. 산초 판자의 결정은 뜬구름 잡는 것 같은 애매한 규정이 아니라 상식적으로 이해되는 명확하고 정확한 규정입니다.

원래 법은 권력이나 재산과 상관없이 모든 사회 구성원에게 동등하고 평등하게 적용돼야 합니다. 하지만 현재 많은 법은 사람의 이해관계에 따라 다르게 해석됩니다. 오죽하면 '법은 코에 걸면 코걸이 귀에 걸면 귀걸이' 라는 말이 있겠습니까. 그런 이유로 법은 지배층에 유리하게 적용될 소지가 높습니다. 이처럼 공평하고 일관성 있는 법 적용은 쉬운 일이 아닙니다.

원시유학에서 규칙은 상식에 기반했을 겁니다. 시대가 복잡해지고 이해관계가 커지면서 법과 규칙은 더 필요해지고 많아집니다. 부부관계의 규칙은 복잡해지고 어려워졌습니다. 부모와 자식 관계도 법으로 세분화됩니다. 학교와 학생 관계도 규칙이 까다롭습니다. 회사와 종업원의 근로시간까지 법으로 규제해야 합니다. 삶의 모든 것이 법에 기준하고 규칙에 매여 있습니다.

결국 됨됨이(관계의 긍정성)로 사람을 바라보는 게 아니라 규칙을 지키는가 아닌가로 사람을 평가합니다. 벌점의 정도가 학생의 고등학교 입학에 큰 영향을 미칩니다. 인간과 인간의 관계인 인(仁)은 사라지고, 인간과 인간 사이에 규칙이 재판관이 됐습니다. 연인 사이에 휴대폰이 신이 되듯이 말입니다. 규칙과 윤리 그리고 신이 중간에 끼면 인간은 고립되고 맙니다.

산초의 판결기준은 이렇습니다. '무엇이 지극히 상식적인가? 그리고 무엇이 좀 더 인간적인가?' 인간이 빠진 채 규칙에 의거한 판단은 혼란만 가중시킵니다. 논리의 타당성에 얽매인 재판관은 모순의 논리에서 벗어나지 못합니다.

인간관계는 규칙에서 오는 게 아니고 지극한 상식에서 옵니다. 사람됨은 인간을 성실하게 대하는 위기지학에서 시작합니다.

인간관계와 자연과의 조화에 힘쓰는 것이 인간의 본성에 맞는 탁월한 덕성이라고 합니다. 인간관계와 인간과 자연의 의미를 함께 이해하는 것이 바로 인간의 도라고 합니다. 인간과 인간의 의미를 상식에서 이해하는 길은 스스로 만들어 가는 겁니다. 그리고 길은 가만두면 사라지고 맙니다. 그래서 도는 끝없는 창조와 유지가 필요합니다.

중용 26장

쉬지 않으면 높고 밝아진다

●

지극한 성(至誠)은 쉬지 않는다. 쉬지 않으면 오래가고, 오래가면 효과가 나타난다. 효과가 나타나면 지속할 힘이 되고 오래 지속하면 넓고 두터워진다. 넓고 두터우면 높고 밝아진다. 넓고 두터우면 만물을 실을 수 있다. 높이 밝아지면 만물을 덮을 수 있고, 멀리까지 비추기 때문에 만물을 완성할 수 있다.

넓고 두터움은 땅과 짝하고, 높고 밝음은 하늘과 짝하고, 오래 지속함은 시간의 제약을 받지 않는다. 이와 같은 사람은 보여주지 않아도 드러나고, 움직이지 않아도 세계를 변화시키고, 하지 않아도 만물을 완성시킨다. (이하 생략)

'지성무식(至誠無息)' 지극한 정성은 쉼이 없다는 말입니다. 널리 인간을 이롭게 하는 정성을 쉼 없이 행동할 것을 요구합니다. 인간을 이롭게 하는 마음을 쉬지 않는다면 넓고 두터운 사람이 된다고 합니다. 만물을 포용하는 땅과 같은 사람입니다. 인간을 이롭게 하는 마음을 쉬지 않는다면 높고 밝은 사람입니다. 만물을 덮는 하늘과 같은 사람입니다. 자사는 널리 인간을 이롭게 하는 사람은 만물을 생성하는 마음을 담은 하늘과 같은 존재라고 찬양합니다.

인간은 어디에서 왔을까요?

우주가 어떻게 발생하였는지 우주의 원리는 무엇인지에 대한 탐구가 선행돼야 합니다. 그런 연후에 인간은 어디에서 왔으며 어디로 가야 하는지 어떻게 살아야 하는지에 대한 해답을 찾아갈 수 있습니다. 인간이라는 존재는 어떻게 탄생했으며 본질은 무엇이고 인간이 따라야 할 규칙은 무엇인지에 대한 실천의 고민으로 이어져야 합니다.

성리학자들은 원리와 재료에 의해서 존재물이 생성되었다고 가정했습니다. 존재물의 원리를 '리(理)'라고 불렀으며 어떤 존재물을 만드는 재료를 버무려 혼합하는 힘을 '기(氣)'라고 불렀습니다. '리'를 '태극' 또는 본성이라고 부릅니다. 다시 말해, 우주의 본성 = 리 = 태극 = 성(性) = 도(道) = 길입니다. 인간이 '도(道)'를 구현한다는 말은 우주의 본성을 회복한다는 말로 해석 가능합니다.

우주의 본성은 무엇인가요? 아마 추론하건데 만물을 낳고 기르고 생육하는 일 아닐까요? 신이 만물을 만든 이유가 무엇일까요? 만물을 생육하고 번성케 하고자 하는 이유일 겁니다. 신이 인간을 만든 이유가 무엇일까요? 번성하고 화목함이 보기 좋았으면 하는 바람이었을 겁니다. 따라서 인간의 본성은 우주의 본성 또는 신의 본성을 본받아서 널리 번성하고 화목하고 행복함을 추구하는 것입니다. 그렇다면 널리 번성하고 화목한 행복은 어떻게 구현 가능할까요? 널리 인간을 이롭게 하려는 마음에서 비롯됩니다. 도를 구현하고 인간 본성을 회복하여 우주의 본성을 닮는 것이 바로 인간이 존재하는 이유라고 생각합니다.

인간이 우주의 본성을 닮는 것은 저절로 생겨나지 않습니다. 본성을 닮으려는 꾸준한 힘이 필요합니다. 그 힘을 덕(德)이라고 합니다. 덕을 유지토록 하는 여러 가지 재료를 '기'라고 합니다. 기는 적극적인 기와 소극적인 기로 구성되어 있습니다. 적극적인 측면을 '양'이라 하고 소극적인 측면을 '음'이라 합니다. 음양으로 구성된 기의 역할은 시간과 공간의 제약을 받는 현실 속에 '리'를 드러내는 역할을 합니다. 리를 잘 드러내면 우량품이 되고 잘못 드러내면 불량품이 됩니다.

일반적으로 '도덕'이라고 하면 윤리를 떠올립니다. 이때 윤리는 소극적인 의미의 도덕입니다. 인간윤리를 지키는 방법도 우주의 원리를 구현하는 방법이기 때문입니다. 그러나 적극적인 의미에서 도덕은 우주의 원리를 지키려는 꾸준함 또는 꾸준한 힘을 뜻합니다. 이 말이 중용 26장에서 말하고자 '지성무식'입니다. 우주의 본성에

K-Culture의 홍익인간, 팬데믹을 이겨내다

이르는 일은 쉼이 없는 덕의 삶을 살아야 한다는 의미가 됩니다.

덕의 삶을 실천한 사람은 음양의 원리대로 사는 사람이니 만물을 담는 땅이며 만물을 덮는 하늘 같은 사람인 겁니다. 덕을 갖춘 사람을 자사는 칭송합니다. 그는 해와 달과 별들을 휘덮고, 큰 강과 만물을 담고 있으며, 생명을 번성케 하는 산과 같은 사람이며 생명을 잉태하는 물과 같은 존재입니다. 그 사람은 만물을 잉태하고 번성케 하고 생육하는 우주를 닮은 성인입니다. 인간을 사랑하고 만물을 사랑하는 마음 그것이 바로 '홍익정신'입니다.

민족은 그들만의 정체성이 있습니다.
역사가 짧은 나라는 국가 정체성 확립을 위해
최선의 교육을 합니다.
우리의 정체성은
오랜 시간 DNA에 각인되어 있습니다.

"널리 인간을 이롭게 하는 정신"

태어날 때부터 가지고 있는 한국인의 정체성입니다.
이미 군자의 자질을 타고 났습니다.
논리와 교훈이 인간을 움직여 왔던 게 아닙니다.
널리 인간을 이롭게 하는 감성이
인간과 역사를 움직입니다.
한국인에게는 홍익의 가치가 담겨있습니다.

弘

益

⋯人

5부

間

홍익의 가치,
한국인의 정신을 유지하라

중용 27장~33장

중용 27장

격물치지성의정심수신제가치국평천하

●

위대하구나. 성인의 도여!

성인의 도가 어느 곳에나 흘러넘쳐 만물을 잘 생육시키는구나! 그 높고 위대함이 하늘에 미치는도다.

성인의 도가 넉넉하고 크도다! 그를 존경하는 말투나 몸가짐이 삼백 가지나 되고, 예법에 맞는 몸가짐이 삼천 가지다.

옛말에 '지극한 덕이 아니면 지극한 도는 만들어지지 않는다.'고 했듯이 성인의 도는 금방 만들어지지 않는다.

그러므로 군자는 어질고 너그러운 품성을 높이고 묻고 배움으로 실천하고, 넓고 큰 것은 지극히 하고 미세함은 세밀하게 탐구한다. 높고 밝음을 끝까지 밀고 가면서 중용을 따른다. 옛것은 내면에 되새기고 새것을 창조할 줄 알며, 어질고 두터운 마음을 돈독히 하며 사회에서는 예를 공경하며 지킨다.

윗자리에 있으면서 아랫사람에게 교만하게 행동하지 않고, 아랫자리에 있을 때는 윗사람을 배반하지 않는다. 나라에 도가 있으면 올바른 언변으로 정치에 참여하여 높은 지위에 오르고, 나라에 도가

K-Culture의 홍익인간, 팬데믹을 이겨내다

없으면 은거하여 침묵을 지켜 살아남는다.

시(詩)에 "이미 밝고 지혜까지 있으니, 자신의 몸을 잘 보전하는구나!"라고 쓰여 있는데, 바로 이것을 두고 한 말일 것이다.

우주의 본성 = 리 = 태극 = 성(性) = 도(道) = 길입니다. 우주의 본성이란 잉태하고 생육하고 번성케 하는 일입니다. 성인은 우주의 본성을 회복하는 사람을 뜻합니다. 무의식적인 행동마저 우주의 본성을 따르는 성인을 어찌 존경하지 않을 수 있겠습니까! 우주의 본성을 따르고자 실천하는 사람이 군자이며 성취한 사람을 성인이라 칭합니다. 그러므로 성인의 도는 일반인이 성취하기에는 거의 불가능한 일입니다.

27장에서는 일반인이 성인이 되는 길은 불가능하지만, 그 길을 따르는 군자의 길은 성취 가능하다고 설명하며 그 방향을 제안합니다. '존덕성(尊德性)'과 '도문학(道門學)'이라고 부릅니다. 너그러운 품성을 존중하고 반드시 묻는 배움을 통해 도를 실천하는 자가 군자입니다. 덕(德)은 널리 인간을 이롭게 하는 마음을 유지하는 힘입니다. 따라서 '존덕성'은 홍익정신을 근본으로 하고, 홍익의 방법을 타인(스승, 친구, 가족 등)과 함께 묻고 토론하며 배움으로 직접 실천하는 군자의 자세를 말합니다.

군자는 배움에 있어 극한까지 생각하고 사소한 것도 세밀하게 살핍니다. 유학 경전 『대학』의 요체는 팔조목으로 '격물치지성의정심수신제가치국평천하' 입니다.

　'격물(格物)' 이란 지식을 탐구하는 이론을 뜻합니다. 서양식으로 말하면 '인식론' 이라고 하겠습니다. 어떤 삶이 가치 있는 삶인가? 어떤 삶이 군자의 삶이며 성인의 도는 무엇인가? 등에 대한 규칙을 세우는 일을 뜻합니다.

　따라서 '격물치지(格物致知)' 란 말은 내 삶의 이치를 깊이 탐구하면 (또는 군자의 삶이 무엇인지 탐구하면) 불현듯 그 의미가 내 마음에 다가오게 되며 무엇인지 알게 된다는 의미로 해석할 수 있습니다. '홍인정신' 이 무엇인지 그 의미를 깊이 사고하면 그 가치를 이해할 수 있다는 말로도 풀이할 수 있습니다. 이때 필요한 요소가 바로 '도문학' 입니다. 타인과 함께 공유하고 공감하고 토론하고 지식을 나눌 때 격물치지는 보다 완숙해집니다. 통상 공부는 혼자 하는 일이라 생각하는 경향이 있는데 가장 큰 오류입니다. 경쟁사회가 되면서 남에게 내 것(지식)을 빼앗길까 두려운 마음에 혼자 지식과 정보를 독점하려는 사회 분위기 때문에 오류가 작동한 겁니다. 혼자 공부는 독단과 독선을 불러왔고 관계에 거리감만 조성했습니다. 인간관계에 있어 거리감은 최단거리가 돼야 하는데 말입니다. 함께 공부하고 탐구할 때 홍익정신의 울림이 진실해집니다. 그것이 '성의(誠意)' 입니다. 성의하면 '정심(正心)' 하게 됩니다. 즉 뜻이 진실해지면 마음이 올바르게 된다는 의미입니다.

'격물치지성의정심' 이란 말은 홍익정신이 무엇인지 스스로 가치를 이해하려고 깊이 탐구하면 마침내 그 의미를 이해하게 되며, 그 이론(규칙, 법칙)을 타인과 묻고 토론하고 공감할 때 홍익정신에 대한 울림이 진실해지고 그렇게 되면 그 마음가짐이 올바르게 된다는 말로 해석할 수 있습니다.

'수신(修身)' 이란 말이 바로 '격물치지성의정심' 을 축약한 말이 됩니다. 단순히 몸을 닦는다는 의미가 아니라 '격물치지성의정심' 하는 마음으로 몸을 닦으라는 말입니다. 근본이 바르지 않으면 말단이 다스려지는 사람은 없습니다. 공부 잘하는 사람은 수신도 잘된 사람으로 여기는 풍조는 버려야 합니다. 공부 잘하는 아이가 착한 아이라는 이데올로기도 버려야 합니다. 격물치지성의정심이 빠진 수신과 공부는 독재와 독선에 빠지게 만듭니다. 인성이 빠진 소인(小人)의 정치를 보면 이해될 겁니다. 올바르게 수신한 사람은 집안이 가지런해지고 집안이 가지런해진 다음에야 나라가 다스려지고 천하가 태평해지는 겁니다.

'격물치지성의정심' 의 방식으로 홍익정신을 체득한 사람은 가깝게는 가족에게 긍정적 영향을 미치게 되고 사회에 바람직한 영향을 미쳐 긍정적인 문화를 만들게 됩니다. 이 흐름대로 가는 길이 군자의 '존덕성'이고 '도문학'입니다.

　반대의 흐름으로도 길을 찾아갈 수 있습니다. 홍익정신의 정체성을 세계에 널리 알리려 한다면(평천하) 사회에 어떤 긍정적인 문화를 만들어야 할지를 따져봐야 하며(치국), 변화의 근본은 가족화합에서 비롯됨을 이해해야 합니다. 그리고 가족화합은 나부터 변화되어야 함을 인지해야 합니다. 그렇다면 나는 어떻게 변화해야 할까요? 마음이 올곧아야 합니다. 마음이 올바르려면 내 정신의 울림이 진실해야 합니다. 내 마음이 진실되려면 진실한 마음의 의미를 찾아야 합니다. 마음의 의미는 홍익정신이 무엇인지 깊이 탐구하는 자세에서 비롯됩니다. 평천하 → 치국 → 제가 → 수신 → 정심 → 성의 → 치지 → 격물의 흐름도 전혀 어색하지 않습니다.

　군자의 길은 정(正)의 흐름에나 반(反)의 흐름에나 모순적이지 않습니다. 역사는 정과 반의 갈등 속에 진보해왔다는 헤겔의 변증법과 다릅니다. 정과 반이 대립하지 않는 길이 우주의 원리입니다. 삶과 죽음이 다름이 아니라 삶의 정과 죽음의 반이 순환하는 태극의 원리가 우주의 보편적 원리인 '리(理)'입니다.

　리(理)의 원리에 맞게 사는 사람이 성인이고 그렇게 살려고 실천하는 사람이 군자입니다. 따라서 군자는 윗자리에 앉아서는 교만하지 않고 아랫자리에 있을 때는 타인을 험담하지 않습니다. 정치에 뜻을 두면 높은 지위에 오르게 되고, 평범하게 살더라도 주변인들이 그를

K-Culture의 홍익인간, 팬데믹을 이겨내다

스승으로 따르게 됩니다. 처세에 밝게 사는 사람을 외적으로는 공경하는 척하지만 내면으로는 험담하는 게 일반적인 마음일 겁니다. 그러나 행동이나 말투가 진실된 군자는 사람들을 밝혀줍니다. 그리고 사람들은 자연스레 그를 따르게 됩니다.

중용 28장

선은 무엇이고 악은 무엇인가?

공자가 말했다.

"어리석은 사람은 자신이 등용되기를 바라고, 지위가 낮으면서도 자기 멋대로 하려고 한다. 사회가 변화함에도 불구하고 옛것을 지키려고 하는데 이와 같은 사람은 재앙이 자기 몸에 미치게 된다."

예전에는 천자만이 예를 의논할 수 있었고, 법 제도를 제정하고, 문명을 정했다. 오늘날에는 바퀴 간격이 동일한 수레를 공유하고, 동일한 글자를 쓰고, 동일한 행동방식의 윤리를 공유하고 있다. 그러나 직위가 있더라도 타당한 덕(德)이 없으면 예법과 음악을 제정하지 못하고, 덕이 있더라도 타당한 직위가 없으면 예법과 음악을 제작할 수 없다.

공자가 말했다.

"내가 하나라의 예를 말하고 있는데 하나라의 후예인 기나라에는 예에 대한 충분한 증거가 없기 때문이다. 나는 은나라 예를 배웠는데 은나라의 후예인 송나라에 제한적으로 보존돼 있다. 나는 주나라의 예도 배웠는데 주나라의 예는 어디에서나 사용되고 있기 때문에 나

K-Culture의 홍익인간, 팬데믹을 이겨내다

는 주나라의 예를 따른다."

선악이라는 것은 존재할까요? 선악이라는 이데올로기만큼 인간을 통제하는데 가장 좋은 수단은 없는 듯합니다.

2차 세계대전 이후로 한국전쟁과 베트남전쟁까지 세계는 자유진영과 공산진영의 커다란 이념 갈등의 냉전시대를 살았습니다. 자유진영은 '선'이고 공산진영은 '악'으로 교육받았습니다. 그러다 90년대에 악의 주축인 소련이 무너졌습니다. 악의 주축 세력이 무너졌으니 선이 중심인 자유시대가 도래할 것이라고 기대했습니다. 하지만 20년이 훌쩍 넘어섰음에도 세계는 '선'하지 못합니다. 오히려 지구는 자신의 종교만이 선이고 타 종교는 악으로 구분 변형되면서 복잡한 양상을 보이고 있습니다. 기독교 국가인 미국권과 천주교·정교회가 혼재된 유럽 EU권, 이슬람교의 중앙아시아와 힌두교의 인도권, 유교의 중국과 인근 국가들(베트남, 한국 포함), 독자 노선의 일본권, 아프리카권, 라틴아메리카권, 불교 국가권 등 종교에 따라 세계는 복잡한 갈등의 수렁에 빠져 버렸습니다. 선과 악을 어떻게 구분할 수 있을까요? 나이를 먹어갈수록 선악을 구분하기 힘들어졌습니다. 내가 믿고 있는 '선(善)'이라는 것에 회의가 듭니다. 도대체 선악의 기준은 무엇일까요?

공자가 이런 말을 합니다.

"현대사회가 계속 변하는데 옛것을 고수하는 사람은 재앙에 미치게 된다."

예전에는 소수의 사회 지도층(왕)이 법을 제정하고 정치를 하며 백성을 다스렸다면 현대는 다수의 국민이 법을 제정하고 정치를 하는 시대입니다. 분명히 세상은 변했습니다. 그러나 정치가는 백성 위에 군림하여 국민을 개돼지로 여깁니다. 국정 농간을 합니다.

좀 더 넓게 생각해 봅시다. 위에 언급했듯이 세계는 자유진영과 공산진영 양단의 냉전시대에서 벗어나자 여러 개의 종교문화 진영으로 분산되어 갈등하고 있습니다. 세계를 나눠 보면 개인 중심의 서구권보다 집단 중심의 권역이 더 큽니다. 다시 말해, 자유진영의 주축인 서구 권역(미국권, EU권)이 세계 주류가 아니라는 점입니다.

한국은 어떤가요? 미국권과는 거리가 멀고, 일본권과는 역사적으로 앙숙이고, 중국과 북한은 아직 앙금이 남아있는 공산권이라 안 되고, 이슬람에는 은근히 배타적이고, 인도권과 아프리카권은 무시합니다. 지금 한국의 정체성을 어디에서 찾아야 할까요? 이것은 심각한 문제입니다. 미래 우리 자녀의 먹거리와 삶의 방향을 결정해야 하기 때문입니다. 다양한 권역에서 어떤 것을 선택하지 않으면 나라 자체가 고립될 공산이 큽니다.

지리적으로 가까운 중국은 유교적 관점에서 보면 친근한 문화를 공유하고 있습니다. 집단 중심이고 가족 중심적인 문화가 그 특징입니다. 이런 점에서 보면 우리는 조선시대처럼 굽실거려야 할지 모르지만 가장 편한 방법일지 모릅니다. 역사적으로 수천 년을 중국에 기대어 살아왔는데 다시 과거를 반복한들 뭐가 달라지겠습니까.

아니면 미국의 지원을 기대해야 할까요? 뭐 다들 공감하겠지만 트럼프 대통령이 당선되면서 미국 노선은 크게 변했습니다. 이젠 동맹국이 아니라 거래 관계입니다. 따라서 언제 어느 때 한국을 내던져 버릴지 알지 못합니다. 냉전 때는 중국과 러시아의 공산주의를 막는 전초기지로써 큰 의미가 있었겠지만 탈냉전시대라 상대적으로 매력이 떨어진 것은 사실입니다. 다만 북한이라는 존재가 어쩌면 자신들을 직접 공격할지도 모른다는 불안감 때문에 (북한의 공격대상은 본래 한국이 아니라 미국입니다) 아직까지는 한국을 포기하지 못한다는 점이 동맹국으로 관계를 유지하는 명분이 될 뿐입니다. 미국의 지원을 오랫동안 바란다면 물론 언제 내쳐질지 모르겠지만 그때까지 이를 잘 활용해야 할 필요가 있습니다.

2017년 한국은 사드문제로 골머리를 앓았습니다. 앞으로도 종종 이런 일이 비일비재할 것입니다. 판단을 잘해야 합니다. 중국을 공산진영, 미국을 자유진영 이데올로기로 갈라서는 안 됩니다. 그렇게 설득해서는 안 됩니다. 공산주의는 끝난 지 오래이기 때문입니다. 현대 중국은 유교문명이고 미국은 서구문명입니다. 집단주의와 개인주의의 대립입니다.

그리고 간과해서는 안 될 또 다른 세력이 있습니다. 이슬람문명입니다. 적의 적은 친구라고 했던가요? 이슬람문명은 서구문명에 반감이 심합니다. 그리고 이슬람문명도 집단주의입니다. 유사한 문화인유교문명과 이슬람문명은 쉽게 손을 잡습니다. 세계정세는 유교·이슬람문명과 미국문명의 대립체제라고 봐야 합니다. 북한이 중앙아시아 나라에 무기를 팔고 핵무기 기술을 습득할 수 있었던 이유는세계의 대립 관계를 잘 활용했기 때문에 가능했습니다.

세계는 급변하고 있습니다. 변화에 빠르게 대처하지 못하면 고립돼 버립니다. 옛것을 고수하면 재앙에 허우적거리게 됩니다. 한국은복잡한 문명들의 갈등 속에 한국의 정체성을 찾아야 합니다. 요즘도서관이나 인문의 주제를 살펴보면 '나는 누구인가?' 입니다. 원래철학적인 말이지만 현대 한국인에게 정말 중요한 화두가 되어야 합니다. 정체성을 찾고, 정체성을 근거로 연대하고, 문화를 형성하고문명을 만들어야 합니다. 유교문명에 흡수되거나 서구문명에 흡수되든지 아니면 독자적 문명을 만들어서 세계를 리드할 꿈을 키우든지 우리는 선택해야 합니다.

『무궁화 꽃이 피었습니다』라는 책을 출간한 김진명 작가의 또 다른 책 『미중전쟁』은 북한의 핵무기개발에 대처하는 미국과 일본 중국 러시아 간의 급박한 외교 방침을 잘 묘사했습니다. 어쩌면 김진명 작가가 제안하는 해답이 우리의 방향일지 모릅니다.

"Theory of everything이라 …… 미국도 만족시키고 중국도 만족시키고 친미 국민들도 만족시키고 친중 국민들도 만족시키는 이론. 음. 거기에 하나 더 있어. 북한도 만족시켜야지."
"수학과 달리 세상일에는 완벽한 해답이 없어요. 우리가 선택함으로써 비로소 해답이 되는 거죠. 그래서 삶의 선택이 중요하고 그 선택을 위해 지식과 경험을 연마하잖아요. 또 선택한 후에는 그 선택을 완성하려는 용기와 노력이 필요하고요. 국가도 마찬가지예요."
온 나라가 전전긍긍하며 미국에 붙느냐, 중국에 붙느냐 양자택일만을 고민하는 판에 우리가 선택한 게 답이라는 인철의 말은 커다란 위안으로 다가왔다. 결국 수학이 아니라 용기가 답이다.

과거 선악의 이데올로기를 배제하고 복잡한 세계에서 함께 연대하고 공감하는 것을 선택하고 그것을 실천하는 용기가 한국인이 지향해야 할 해답입니다.
우리가 공유하고 공감할 수 있는 우리 정체성이 '홍익정신'입니다. 널리 인간을 이롭게 하는 정신이 우리 정체성입니다. 그 정체성을 어떻게 연대하고 공감하여 실천할 것인가는 담론을 통해 고민해야 합니다.

공자는 하나라의 예(禮)는 사라졌고 기나라의 예도 알 수 없고 은나라의 예도 찾아보기 힘드니 일반적으로 알려진 주나라의 예를 따를 수밖에 없다고 말합니다. 우리가 서구문명이니 중국문명이니 이슬람문명이니 하며 비판 없는 세계화를 주창하게 되면 한국은 사라집니다. 공자의 말처럼 흔적만 남아있는 국가로 몰락하게 됩니다. 세계화는 자기 정체성에서 시작되는 것이지 사대적인 세계화를 뜻하는 게 아닙니다.

'나는 한국의 홍익정신을 따를 수밖에 없다' 라고 고백하는 게 아름답지 않을까요?

K-Culture의 홍익인간, 팬데믹을 이겨내다

중용 29장

늙은 꼰대와 젊은 꼰대

●

천하에 군림하려면 세 가지 중요한 것을 갖춰야 한다. 이를 잘 따르면 허물이 적을 것이다. 고대사회의 예악(하나라의 예나 은나라의 예 또는 문물, 문화)이 좋기는 하지만 검증할 수 없다. 검증하지 않았으므로 믿을 수 없다. 믿을 수 없으니 사람은 따르지 않는다. 현대사회의 예악(문물, 문화)이 좋기는 하지만 존엄하지 않다. 존엄하지 않으니 믿을 수 없다. 믿을 수 없으니 사람들은 따르지 않는다.

그러므로 군자의 도는 자신의 수신(修身) 상태를 사람에게 검증해야 한다. 하은주 고대 선왕들의 행적에 비춰 어긋나지 않는지 끊임없이 검토해야 하며, 천지의 법칙에서도 어긋남이 없도록 끊임없이 보완하고 수정해야 한다. 또한 조화의 생명력인 귀신에게 물어보아도 의심될 만한 것이 없어야 하고, 끝으로 백 세대 뒤에 성인이 판결한다고 해도 의혹함이 없어야 한다. 귀신에게 물어보아도 의심이 없다는 것은 하늘의 도를 알기 때문이고, 백 세대 뒤에 성인이 판결한다고 해도 의심될 만한 것이 없다는 것은 사람의 도를 알기 때문이다.

군자는 움직이면 천하의 도가 되고, 행동하면 천하의 법이 되고, 말하면 천하의 기준이 된다. 그가 멀리 있더라도 우러러보고 가까이 있어도 싫어하지 않는다.

시(詩)에 적혀있다.

"저기 있어도 미워하는 사람이 없고, 여기 있어도 싫어하는 사람이 없어라! 아침 일찍부터 저녁 늦게까지 항상 노력하니, 영원토록 명예롭게 칭송받으리라."

이와 같이 노력하지 않고 갑자기 천하에 명성을 떨친 군자는 없다.

천하에 왕 노릇 하는데 중요한 세 가지가 무엇인지 구체적으로 쓰진 않았습니다. 좀 더 깊이 사유하는 건 개인의 역량으로 남겨두겠습니다.

늙은 꼰대와 젊은 꼰대라는 말이 있습니다. 이 말은 세대 갈등을 축약하는 표현입니다. 인간은 결코 다른 인간과 똑같을 수는 없습니다. 그런데 특정한 범주로 보면 같은 세대에 속하는 사람끼리는 공통적인 특성이 발견됩니다.

지그문트 바우만의 『고독을 잃어버린 시간』은 현세대를 세 부류로 구분합니다. 먼저 베이비부머 세대입니다. 그들과 한국인 간에 차이는 있습니다만 제2차 세계대전 이후로 태어난 사람들입니다. 한국은 58년 개띠 중심으로 생각하면 됩니다. 이들은 전쟁 이후로 빈약한 경제구조 속에 태어났습니다. 보릿고개 같은 식량부족을 경험한 세대로 언제든지 극빈 상태로 전락할지 모른다는 두려움을 가지고 있습니다. 세계전쟁이 발발할 수도 있고 북한이 다시 침략할지 모른다고 경계합니다. 그래서 만약의 경우를 대비하여 돈을 저축하고 부지런히 움직입니다. 이들은 가만히 쉬지 못합니다. 정작 자신은 만끽하지 못하더라도 아이들에게만은 빈곤의 문제로 고통받지 않게 오랫동안 힘겹게 일하면서 돈을 벌었습니다.

그다음 등장하는 세대가 X세대입니다. 30대 중반에서 50대 초중반입니다. 이들은 부모들이 헌신적으로 오랜 시간 노동하면서 세심하게 보살피고 극도로 절약하여 금욕적으로 산 덕분에 전혀 다른 세상에서 태어난 사람들입니다. 부모로부터 인생철학과 인생전략을 배웠지만 마지못해서 원칙을 받아들인 세대입니다. 주변 세상이 부유하고 삶에 대한 전망도 한층 더 안심할 만한 상황이 되면서 부모의 금욕적인 인생철학을 못 견딥니다. 절제하고 절약하고 금욕적인 삶에 대한 보상으로 즐기며 살고 싶어합니다. 이들은 '현재'에 더 많은 관심을 갖고 있으며 미래를 덜 걱정합니다. 돈을 벌었으면 여행을 가고 맛있는 음식을 즐길 수 있어야 합니다. 이들을 '자기중심세대'라고 합니다.

Y세대니 밀레니엄 세대니 하는데 20대 초반에서 30대 중반 세대를 명명합니다. 이들은 베이비부머 세대의 자녀들입니다. 조부모와

부모세대와 확연히 차이가 나는 세대입니다. 이들에게 좋은 삶을 위한 '일자리'는 우선순위에서 가장 밑바닥입니다.

'일자리요? 물론 공기처럼 생존하기 위해 없어서는 안 되는 필수적인 것이죠. 하지만 일자리만으로는 인생을 살아갈 만한 가치가 없어요. 그 반대인 경우가 더 많죠. 일자리는 재미없고 따분하므로 살맛 안 나게 만들 수 있어요.'

이들은 직장에서 많은 자유 시간을 누려야 하고, 여행은 해야 하고, 관심 있는 분야가 생기면 직장을 그만둡니다. 이들에게 인생의 중요함은 직장 바깥에 있다고 여깁니다. 대량 실업과 실업 상태의 공포가 무엇인지 모릅니다. 자유는 지속될 것이라고 믿습니다. 따라서 어떤 대응을 준비하지 않습니다. 회사가 힘들면 그만두면 됩니다.

책에는 없지만 고려해야 할 세대가 있습니다. 십 대 이하의 Z세대입니다. 이들은 인간과 경쟁하는 세대가 아니라 기계와 경쟁해야 하는 세대입니다. 뇌 구조도 바뀌는 세대입니다. 이들은 X세대의 자녀들입니다. 이들은 또 어떤 특성을 갖게 될까요?

세대마다 살아온 삶이 다르므로 세대 간 갈등은 발생할 수밖에 없습니다. 다른 삶을 살아온 세대 간의 갈등을 늙은 꼰대니 젊은 꼰대니 하면서 구분합니다.

자사는 과거 문물 및 문화를 주장하지 말라고 합니다. 보릿고개 시절 배고픔의 경험을 손주에게 강요하지 말라고 합니다. 회사 임원이 자신의 직장 초년 때의 힘겨움을 신입사원에게 공감 얻으려 하지 말라고 합니다. 물론 배고픔의 경험이 피땀의 노력으로 풍요로운 식사를 가능케 했고, 과거 회사에 충성을 강요했던 직장 분위기가 현재 대기업으로 성장시켰을지 모릅니다. 하지만 손주와 신입사원은 그 시절 그 분위기를 경험하지 못했습니다. 경험하지 못했으니 아무리 진실된 과거를 이야기할지라도 믿을 수 없는 겁니다. 믿을 수 없으니 듣고는 바로 흘려버리는 겁니다. 할아버지와 회사 임원은 잔소리꾼에 꼰대가 되는 겁니다.

반대로 풍요로운 현대 문물을 강요하지 말라고 합니다. 스마트폰으로 소통하고 먹방과 여행 그리고 주거까지 공감의 공유시대가 도래했습니다. 현재 일어나는 사회현상은 일시적일 수도 있고 아니면 단순한 휩쓸림일 수 있습니다. 유행처럼 지나가는 찰나일지 모릅니다. 그러니 현 상황을 믿을 수 없는 겁니다. 한 세대 이상 지속되리라는 보장이 없습니다. 지금은 맞고 과거를 무시하는 사람은 젊은 꼰대가 되는 겁니다.

최근에 『박부장의 생각 나눔』이라는 에세이를 읽었는데 공감되는 장면이 있습니다.

20년 전만 해도 직장에서 선배와 후배는 군대와 같아서 선배의 말한마디는 법이었습니다. 그렇게 직장생활을 해온 50대 부장은 업무시간에 이어폰을 낀 채 음악과 스포츠 중계를 듣는 사원이 좋게 보일 리 없습니다. 그는 업무시간에는 업무에 충실해야지 일하면서 음악을 듣는 것이 효율적이지 않다고 충고합니다. 그런데 사원은 업무성과만 나오면 되지 음악 듣는 거와 무슨 상관이냐며 대꾸합니다. 젊은 사원 입장에서 부장은 과거에서 벗어나지 못한 늙은 꼰대입니다. 마찬가지로 부장 입장에서 젊은 사원은 선배 조언을 무시하는 자기중심적인 젊은 꼰대입니다. 회의시간에 일찍 와서 준비하고 대기해야 한다고 생각하는 부장과 정시에 도착하는 게 효율적이라 여기는 사원 간에 의식 차이가 존재합니다. 20대는 그럴 수 있는데 별일 아닌 일로 트집 잡는다고 하며, 50대는 과거의 경험을 고려했을 때 납득이 안 되면 반드시 짚고 넘어가야 개선된다고 여깁니다. 생각의 차이가 늙은 꼰대와 젊은 꼰대로 만듭니다.

　군자는 과거에 머무르는 늙은 꼰대가 아닌 지극히 현실주의자이며 현실의 경험에 매몰되는 젊은 꼰대도 아닙니다. 군자는 과거와 현재를 통해 자신을 수신하는 사람입니다. 과거 훌륭한 선현들의 발자취를 따르고(고전 인문), 현재 사회현상(귀신)을 통찰하는 사람입니다. 그런 사람이 움직이거나 말하거나 행동하면 '법과 기준' 이 됩니다.

군자가 되는 길은 쉽지 않습니다. 군자의 명예는 어느 날 갑자기 생겨나는 게 아닙니다. 아침부터 자기 전까지 쉼 없이 자신을 수신하는 사람이 천하의 왕 노릇 할 수 있다고 자사는 마무리합니다. 그렇다면 구체적으로 어떻게 쉼 없이 노력해야 군자가 될 수 있을까요? 꼰대라는 단어가 사라질까요?

조선 성리학의 집대성자인 퇴계 이황은 구체적인 실천방법을 제안하는데요. 그의 저서 『성학십도(聖學十圖)』에 명시되어 있습니다. 『성학십도』는 성인이 되는 열 가지 그림을 그려낸 책입니다. 이 책은 왕위에 갓 오른 17살의 선조에게 68살의 노학자 이황이 성군이 되기를 희망하는 바람으로 바친 책입니다. 십도(十圖) 중에 제9도인 「경재잠도」와 「숙흥야매잠도」에 군자의 실천방법이 담겨있습니다.

이황이 전하고자 하는 군자의 가장 기본적인 정신 자세는 '경(敬)'입니다. 하늘 앞에 숨겨짐이 없다는 외경, 인간에 대한 존경, 사물에 대한 엄숙한 마음가짐이 경(敬)입니다. '경'을 공부하는 것이 곧 군자의 도를 공부하는 일입니다.

"항상 마땅히 일상 속에서 생활할 때와 보고 느끼는 사이에서 체득한 뜻을 잘 생각하여 음미하며 경계하고 반성함으로 마음이 얻은 바가 있으면 경(敬)이 성학(聖學)의 시작과 끝이 된다는 말을 어찌 의심할 수 있겠습니까?"「경재잠도」

「경재잠도」는 상황에 따른 경의 실천방법을 제시합니다.

시선을 존귀하게 하라. 내 앞에 상제가 계시듯 대하라. 이는 가만히 있을 때 경을 어기지 않는 것이다. 움직일 때도 경을 유지하라. 외면 으로는 전전긍긍(조심하고 두려워)하라. 내면으로는 동동촉촉(공경하고 삼가다)하라. 말과 행동을 다르게 하지 말라. 일을 할 때는 주일무적 (집중해서 일을 하면 만 가지 일도 할 수 있다)하라. 잠시라도 방심하지 말 라. 경의 상태를 유지하여 마음이 발현되거나 발현되지 않거나 어기 지 말고 안과 밖을 바르게 하라. 잠시라도 방심하게 되면 사욕이 일 어나서 불이 없더라도 뜨겁고 얼지 않아도 차갑게 된다.

「숙흥야매잠도」는 시간별 경의 실천방법을 제시합니다.

닭 울음소리에 일어나 어제의 일을 생각하고 잘된 것과 잘못된 것을 생각하고 새롭게 안 것을 되짚어보고 오늘 할 일의 순서를 정하는 일부터 시작하라. 다음에 몸가짐을 바로 하고 마음을 정돈하라. 마 지막으로 잠자리에 들 때는 손발을 가지런히 하고 공상하지 말고 마 음을 잠들게 하라.

K-Culture의 홍익인간, 팬데믹을 이겨내다

경의 마음을 방심하지 않는 것이 바로 군자가 되는 실천방법입니다. 하늘 앞에 숨겨짐이 없다는 외경, 인간에 대한 존경, 사물에 대한 엄숙한 마음가짐을 '경(敬)'이라 했습니다. 꼰대라는 말은 인간에 대한 존경과 타인에 대한 배려보다 자신의 자그마한 경험을 중심으로 판단하기에 생겨난 부정적인 단어입니다. 우리는 얼마나 하늘에 인간에 사물에 경의 마음을 담고 있는지 생각해 볼 문제입니다. 관계하는 사물(인간이든 자연이든)에 공경의 마음이 있으면 자기중심이 될 수 없습니다. '경'의 마음이 바로 홍익정신의 근본입니다. 내 중심의 체면이 아니라 인간적 도리의 체면이 되어야 합니다. 체면 없는 삶은 고립입니다. 이는 긍정적인 관계가 아닙니다. 잊지 않았으면 합니다.

중용 30장

한국인의 정체성

나의 위대한 할아버지 중니(공자)께서는 요임금, 순임금을 근본적이며 중요한 기준으로 삼아 그들의 덕성을 널리 알렸고, 문왕과 무왕의 도를 본받아 만천하를 밝히셨다. 위로는 하늘의 원리를 법으로 삼고 아래로는 생명의 근원인 물과 땅의 덕성을 따랐다.

할아버지 중니의 덕성을 비유하자면 땅이 받쳐 실어주고 하늘이 덮어 감싸 줬다. 또 비유컨대 봄·여름·가을·겨울이 어김없이 운행하고 해와 달이 번갈아 밝게 빛나는 것과 같다. 만물은 서로 동시에 자라면서도 서로를 방해되지 않는다. 많은 길들이 서로 같이 가면서도 어긋남이 없다. 작은 덕(小德)은 시냇물처럼 자연스럽게 흐르고, 큰 덕(大德)은 우주의 무궁무진한 만물의 생육을 끊임없이 도우니, 이것이 천지가 위대한 까닭이다.

  자사가 자신의 할아버지 공자를 치켜세웁니다. 중국 요·순임금의 '덕' 사상을 근본으로 하여 주나라 문왕과 무왕의 도를 빛나게 했는데 하늘의 보편적 원리를 바탕으로 세상에 널리 덕성을 구현했다고 찬양합니다. 하지만 공자는 성인이 아닙니다. 경제적 발전을 이루고 풍족해진 현대 중국이 공자를 정신적 터전으로 삼아 성인으로 추대된 겁니다. 그럼에도 손자가 할아버지를 자랑스러워하고 위대한 사람이라고 존경하는 모습을 상상해보니 정말 공자라는 사람이 부럽습니다. 저는 할아버지에 대한 기억이 없습니다. 일찍 돌아가셨기 때문입니다. 만약 할아버지의 기억이 있었다면 자사처럼 존경하고 찬양했을지 모르겠습니다.

복지국가라 일컫는 핀란드의 일미 빌러시스 핀란드독서센터 소장은 문화체육관광부 주관의 '2018년 국제독서컴퍼런스'에서 '핀란드의 정부주도형 독서교육'에 대한 발언을 마친 후에 참석자 중 누군가가 질문을 했습니다.

"왜 핀란드는 정부가 직접 주도할 만큼 독서교육을 특히 중요하게 여기는가?"

그녀는 바로 대답했습니다.

"핀란드의 역사는 300년이 안 된다. 그래서 나라의 정체성이 아직 부족하다. 가장 역점을 두는 부분일 수밖에 없다. 핀란드는 문해율과 독서율이 높은 수준이고 교육수준도 높다. 하지만 핀란드의 정체성 확립을 위해 '문학'을 가장 중요하게 생각한다. 문학이 국민 정체성에 큰 영향을 미치기 때문이다."

핀란드는 러시아의 지배에서 독립한 사회주의 국가입니다. 독립의 역사가 300년도 안 된 이유로 정체성이 불안정한 나라입니다. 그런 나라에 중요한 것이 '민족 정체성 확립'이라는 이야기입니다. 이처럼 지역적 공감을 공동체 연대로 확립하고 세계에 내세울 가장 좋은 도구가 문학임은 분명합니다.

개인 취향이지만 『돈키호테』에 반했고 『햄릿』과 『오만과 편견』에는 특별한 감흥을 느낄 수 없었습니다. 햄릿은 아이들 장난 같고 오만과 편견은 짜증에 사로잡혔습니다. 위대한 작품이라고 평가받는 자격에 대해선 회의가 듭니다. 그런데 '문학은 그 나라의 정체성을 대변하는 도구다'라는 관점에서 보면 완전히 달라집니다. 작품성의 문제가 아니라 정체성의 문제라면 문학은 분명 그 효과가 엄청날 것이라고 공감합니다. 그런 이유로 핀란드는 민간 주도의 독서교육이 아닌 정부주도의 독서교육에 심혈을 기울일 수밖에 없는 것입니다.

그렇다면 한국은? '한국 정체성 확립'은 어떤 의미가 있을까요?

소장에게 다른 질문을 했습니다.

"한국의 문해력과 교육시스템은 전 세계에 모범적이다. 그런데 행복한 나라라는 측면에서는 매년 하위권을 유지한다. 그 이유를 외국인의 입장에서 어떻게 생각하는가?"

그녀는 '솔직히 한국사회에 대해 잘 모르겠다'고 운을 떼며 말을 이었습니다.

"한국은 전통 있는 나라다. 왜 그런 문제를 제기하는지 이해하지 못하겠다."

질문과 답변을 듣고서 우리는 스스로를 너무 저평가하고 있다는 생각을 했습니다. 아마 일제강점기 이후로 피지배의 트라우마에서 아직도 벗어나지 못한 이유라 생각됩니다. 아니면 수천 년 전부터 중국의 지배에서 벗어나지 못한 사대주의가 근본일지 모릅니다. 서구인들이 한국의 전통을 굉장히 부러워한다는 사실은 틀림없습니다. 이 점은 분명히 자랑할 만합니다. 서구 선진국을 전혀 부러워할 필요가 없습니다. 세계적으로 1000년 이상의 명맥을 유지하고 있는 나라는 거의 없습니다. 터키처럼 서구 사회의 이슬람 사회 사이에서 오스만투르크의 찬란했던 역사적 정체성을 잃어버린 나라도 있습니다. 반만년 전통을 이어온 나라를 세계 어디서 찾아볼 수 있나요?

근래에 노벨문학상을 수상한 작가들의 작품을 가만히 지켜보며 왜 한국에서 노벨문학상이 나오지 못하는지에 대해 생각해 본 적이 있습니다.

2014년 프랑스의 작가 라트릭 모디아노의 작품 『어두운 상점들의 거리』는 단기 기억상실증에 걸린 탐정 이야기입니다. 탐정의 기억상

파트릭 모디아노 (2014년)
프랑스

스베틀라나 알렉시예비치 (2015년)
러시아

밥 딜런 (2016년)
미국(가수 겸 시인)

가즈오 이시구로(2017년)
영국

〈최근 노벨문학상을 수상한 작가들의 대표 작품〉

실증은 프랑스의 잃어버린 기억을 비유합니다. 프랑스가 잊어버린 기억이 무엇일까요? 문화 선진국이라는 프랑스가 되기까지 저질렀던 비인간적인 폭력의 기억입니다. 제2차 세계대전까지 프랑스가 중동이나 아시아, 아프리카에 저질렀던 제국주의적 폭력을 잊으려는 프랑스의 비열함을 기억하라고 책은 메시지를 전합니다.

2015년 『전쟁은 여자의 얼굴을 하지 않는다』는 제2차 세계대전 승전국인 러시아가 전쟁의 승리 속에 잊고 있는 여성의 희생을 기억하

K-Culture의 홍익인간, 팬데믹을 이겨내다

라는 주제를 담고 있습니다. 생명을 낳는 존재인 여자의 생명을 빼앗는 전쟁의 참혹함을 잊지 말라는 메시지를 전합니다. 전쟁은 남자에게 훈장을 남기지만 여자에겐 비참함을 남깁니다.

2016년은 미국의 밥 딜런입니다. 그는 가수 겸 시인으로 반전을 부르짖는 사람입니다. 2017년은 영국에서 『남아있는 나날』로 수상했습니다. 이 책 역시 제2차 세계대전에서 독일과 미국 사이에서 갈피를 못 잡는 영국의 어리석음을 풍자합니다.

선정된 책, 저자들의 공통점이 있습니다. 모두 세계 2차 세계대전 승전국입니다. 그리고 배경은 전쟁이며 유럽인들입니다. 노벨문학상은 스웨덴 아카데미에서 수여합니다. 당연히 서양 문학 위주로 수상을 할 수밖에 없습니다. 2017년까지 노벨문학상을 받은 수상자 114명 중 약 90%가 유럽인과 미국인입니다. 그리고 유럽의 식민지로 유럽의 영향을 받은 아프리카, 중남미, 오세아니아 대륙 사람이 13명입니다. 그 외 5명이 아시아 사람인데 일본 2명, 중국 1명, 인도 1명, 이스라엘 1명입니다. 인도는 200년 동안 영국의 지배를 받았고 이스라엘은 유럽인이 세운 나라입니다. 결국 독립적인 지역에서 노벨문학상을 받은 나라는 일본과 중국입니다. 일본은 경제력을 바탕으로 문학을 보급하고 로비에 많은 힘을 써서 2명을 배출시켰고, 중국은 2012년 국력을 바탕으로 1명을 배출(?)시켰습니다.

한국은 세계대전과 공감대가 전혀 없는 아시아 지역입니다. 유럽

중심의 노벨문학상에 일희일비할 필요가 없는 겁니다. 문학적 수준이 떨어져서가 아니라 유럽인들의 선정 기준에 맞지 않기 때문입니다. 서구인의 정체성과 한국의 정체성은 다릅니다. 서구의 정체성에 한국의 정체성을 맞출 필요가 없습니다.

우리는 태어나면서 홍익 정체성을 가진 채 태어났습니다. 노벨문학상에 흔들릴 필요가 없습니다. 노벨상은 서구인들이 세계대전을 통해서 깨닫게 된 인간의 정체성에 대한 질문을 이야기한 작품을 선정해 왔습니다. 반만년 정체성이 온전한 나라에 더 이상 무엇이 필요하겠습니까?

그보다는 당장 눈앞에 극복해야 할 사회문제를 직시해야 합니다. 18세기부터 변질된 성리학이 한국의 전통인 양 학습되는 바람에 유학의 본질을 잃어버렸고 일제강점기 때 친일세력이 청산되지 않은 바람에 경제, 정치, 문화, 교육은 일본을 그대로 따라가고 있고, 급속한 경제성장은 물질 중심의 자본주의의 폐해를 고스란히 드러내고 있습니다. 이 때문에 우리 스스로가 한국의 정체성에 의심을 갖게 됐습니다. 한국인의 정체성 '홍익정신' 을 기억해야 합니다.

중국은 자신들의 정체성을 공자에게서 찾습니다. 유학입니다. 현대 중국은 자신들의 성장 원동력은 유교에서 비롯되었다고 자랑합니다. 비록 중국이 그 과정에 동북아공정으로 우리 역사까지 자기 역사의 일부분이라 억지로 우기지만, 그 이면에는 유교의 정체성으로 중국인들을 단합시키려는 저의를 품고 있음을 고려해야 합니다.

『논어』나 『맹자』를 볼 때 한국은 중국 것 그대로 한자 해석에 매몰되면 안 됩니다. 그것은 중국 정체성에 흡수되려고 바둥거리는 것과 같습니다. 굴욕적이지만 한국역사도 중국역사와 연결된 이유로 『논어』나 『맹자』를 버릴 수는 없습니다. 논어와 맹자를 구닥다리라고 규정하고 버리는 순간 그 범위만큼 한국역사를 버려야 하기 때문입니다. 『논어』나 『맹자』를 버릴 수 없다면 현대 한국인의 시선에서 재해석해야 합니다.

중용 31장

민주시민의 교양

●

오직 공자 같으신 지극한 성인만이 총명한 재주와 마음이 밝고 생각이 뛰어나게 지혜롭기 때문에 백성을 다스릴 수 있고, 너그럽고 온유하여 포용할 수 있고, 강직한 태도로 굳게 버티므로 집행할 수 있으며, 아부하지 않고 정직하여 굽히지 않으므로 지켜나갈 수 있으며, 이치에 밝고 자세히 살펴보기 때문에 구별할 수 있다.

넓고 크며, 속이 깊고 조용하시니 적절한 때에 맞추어 덕을 천하에 펼친다. 넓고 큼이 하늘과 같고, 속이 깊고 조용하심이 못과 같도다. 넓고 깊은 덕성을 내보이면 백성이 공경하고, 말을 여시면 백성이 신뢰할 수밖에 없고. 행동하면 기뻐하지 않는 백성이 없다.

그러므로 지극한 성인의 명성이 온 나라에 한없이 넘쳐서 아직 깨우치지 못한 주변의 남쪽에는 만(蠻)족 오랑캐와 북쪽으로는 맥(貊)나라까지 널리 미친다. 배와 수레가 미치는 곳이나 사람들이 걸어서 갈 수 있는 곳, 하늘이 덮는 곳, 땅이 실어주는 곳, 해와 달이 비치는 곳, 서리와 이슬이 내리는 모든 곳에 살고 있는 인간이라면 존경하지 않는 사람이 없고 친근하게 여기지 않는 사람이 없다. 이분이야말로 하느님과 짝한다고 말할 수 있다.

자사에게 성인은 총명한 재주와 마음이 밝고 생각이 뛰어나게 지혜로워 백성을 다스릴 수 있는 사람입니다. 플라톤의 철학자가 다스리는 이상적인 국가인 이데아를 꿈꾸는 철인정치와 유사한 개념입니다. 성인과 철인이 인류사에 도래할 수 있을지는 의문이지만 성인이나 철인이 되기 위한 실천자로서 군자는 실현 가능합니다. 성인이 되려고 노력하는 군자가 다스리는 국가는 꿈꿀 수 있습니다. 여기서 군자는 단순히 정치가, 국회의원, 시의원 등을 뜻하는 게 아닙니다. 앞서 이야기해 왔듯이 '내가 군자가 될 수 있음'을 기억한다면, 현대 민주시민 정신에 요구되는 '교양'으로 해석될 겁니다. 다시 말해 현시대에 군자란 민주시민 정신을 습득한 사람이라고 생각하면 어울립니다. 민주시민이 다스리는 나라는 분명 실현 가능한 이야기이자 이상국가입니다.

그렇다면 민주시민의 교양은 무엇일까요? 자사는 설명합니다. 너그럽고 온유하여 포용하는 사람, 옳다고 생각하면 목에 칼이 들어와도 신념을 지키는 사람은 정의를 집행할 수 있고, 어려운 현실(금전적으로든, 인간관계에서든)에 처해도 아부하지 않고 정직을 지키는 사람, 사회변화에 민감하게 대응하는 통찰력 있는 사람이 교양 있는 민주시민의 모습입니다.

너그럽고 온유한 사람은 인(仁)한 사람이고, 신념을 지키는 사람은 의(義)한 사람이고, 정직함을 유지하는 사람은 예(禮)한 사람이고, 통찰력으로 변화를 구별하는 사람은 지(智)한 사람이라고 말할 수 있습니다.

유학에서는 인간이 지켜야 할 다섯 가지 도리를 '오덕'이라 부르고 이를 '인의예지(신)'이라고 칭합니다. 참고로 신(信)은 공자 사후 약 300년 동중서라는 한나라 유학자가 '목화토금수'라는 오행과 연관 짓기 위해 인의예지에 '신'을 추가한 겁니다. 따라서 자사의 시대에는 '신(信)'이라는 용어가 없었습니다.

신(信)은 믿음입니다. 원래 '인의예지'의 근간이 되는 마음입니다. 너그럽고 온유한 사람은 그 마음 근간에는 사람을 믿는다는 믿음이 기초되어 있습니다. 신념을 지키고 정의로운 사람은 불평등한 환경에 노출된 사람에게 희망을 주는 믿음직한 사람입니다. 도덕적 예를 지키는 사람은 상대방에게 신뢰를 줍니다. 지식이 많고 세상을 보는 통찰력이 있는 사람에게는 믿고 추종하는 사람이 생기기 마련입니다. 따라서 인의예지의 근본은 신(信)을 기초합니다. 오행으로 봤을 때 신을 토(土)라고 하는 이유가 여기에 있는 겁니다. 땅은 물과 불과 나무와 바위의 근본이기 때문입니다.

자사의 뒤를 이어 맹자라는 인물이 등장합니다. 유학에서 공자와 맹자를 모르는 사람은 없을 겁니다. 맹자는 자사의 '인의예지'를 '사단'으로 확대해석합니다. 사단은 '측은지심, 수오지심, 사양지심, 시비지심'입니다. 측은지심은 불쌍한 사람을 보면 측은한 감정이 일어나는 것을 말하는데, 어린아이가 우물에 막 빠지려는 장면을 봤을 때 "아, 안돼!"라고 본능적으로 외치는 감정입니다. 무고한 생명에 대한 즉각적인 감정입니다. 인간은 선험적으로 그런 감정을 타고 났기 때문에 본래 선하다는 '성선설'을 주창합니다. 맹자는 인간이 살아가면서 환경과 결합할 때 잘못된 교육으로 타고난 본성을 유지하지 못하는데 그런 유혹을 뿌리치고 본성을 유지하는 사람은 성인이고, 사단(측은·수오·사양·시비)을 확충하지 못한 사람을 소인이라고 설파했습니다.

사덕(四德)에 속하는 인의예지는 사단(四端)과 짝을 이룹니다. 측은지심은 인(仁)과 짝합니다. 수오지심은 의(義)와 짝하는데 스스로 도덕적이지 못할 때 느끼는 내면적인 감정을 뜻합니다. 어떤 불의를 봤을 때 그냥 모른 체했거나 바쁘다는 핑계로 외면했음을 반성하고 다음부터는 그렇게 하지 않으려는 것이 수오지심의 확충입니다.

사양지심은 예(禮)와 짝하는데 나이 드신 분이 버스를 탔는데 자리가 없어 서 있는 모습을 보았을 때 마음이 불편한 감정입니다. 불편한 감정을 행동하면 예를 실천하는 것이고 그렇지 않으면 소인이 됩니다. 시비지심은 지(智)와 짝하는데 지식의 앎에서 옳고 그름을 판단하는 통찰력을 말합니다.

성리학에서 인(仁)은 사덕(인의예지)의 근본이고, 측은지심은 사단(측은·수오·사양·시비)의 근본이라고 합니다.

우주적 차원에서 우주가 만물을 낳은 마음이 인(仁)입니다. 생명이 밖으로 나오려면 사랑이 있어야 합니다. 부모가 사랑해야 자식이 태어날 수 있는 것처럼 말입니다. 만약 절대자가 있다면 그 창조자는 사랑하는 마음을 담아서 우주를 만들었을 겁니다. 우주의 원리에 의해 모든 존재물이 거듭거듭 생겨나게 만들었을 것입니다. 그러므로 우주의 마음은 만물을 낳은 사랑하는 마음, 인(仁)입니다.

우주적 차원의 '인' 을 인간적 차원의 '인' 으로 연장해 봅니다. 곤히 자는 아이를 보고 있으면 사랑하는 감정이 드러납니다. 나한테 인(仁)한 마음이 있기 때문에 사랑하는 감정이 나온 겁니다. 따라서 인간은 선험적으로 사랑할 수밖에 없는 존재입니다. 우주의 원리가 사랑이기 때문에 인간도 인(仁)한 존재입니다. 우주적 차원에서 인간적 차원으로 우주의 마음(仁)을 얻어 자신의 마음으로 삼았습니다. 그러므로 인은 생명의 본성이고 사랑의 이치가 됩니다.

그런데 사랑도 적절하게 해야 합니다. 부모가 자식을 적절히 사랑하는 것을 자(慈)라 하고 자식이 부모를 적절히 사랑하는 것을 효라

합니다. 부모에 대한 사랑이 너무 깊어 그대로 다 표현한다고 해서 효다, 인이다 할 수 없습니다. 부모님이 돌아가셨다고 마냥 굶으며 눈물로 지새운다고 효가 아닙니다. 적절한 사랑을 실천할 수 있게끔 만든 규칙이 '예(禮)' 입니다. 예는 사랑을 실현하는 수단이 됩니다. 따라서 예(禮)에는 형식적인 측면이 들어갈 수밖에 없습니다. 제사(예와 규칙)는 부모에 대한 효와 화목을 도모하기 위한 수단이지만, 오늘날에는 그것이 거꾸로 돼서 형식적인 제사가 가정의 화목을 깨뜨리고 있습니다. 형식보다 실질적인 측면을 강조했던 공자는 가정의 화목을 깨뜨리면서 예를 지키라고 하지 않았을 겁니다.

우주적 차원에서 인(仁)은 존재물을 낳고 잘 기르고자 하는 것이고, 존재물이 생성되었다면 그 존재물이 수명을 다할 수 있도록 도와주는 것도 인(仁)입니다. 이것을 인간적 차원에서 해석한다면 인이란 나와 타자의 생명을 잘 보존하는 일입니다. 자살과 살인은 그래서 안 됩니다. 우주의 원리로 어떻게 나와 타인의 생명을 잘 보전할 것인가 하는 마음을 실천할 때 사단(측은 · 수오 · 사양 · 시비)이 드러나게 됩니다.

홍익정신도 우주적 차원의 사랑을 타인에게 널리 이롭게 하는 정신입니다. 이 정신이 바로 인의 마음이고, 사랑을 낳은 마음이고, 생명을 보존케 하는 마음이며, 생명을 측은하게 대하는 감정입니다.

홍익정신을 실천하는 사람이 군자이고 궁극적으로 실천하는 행위 자체가 우주적 본성과 일치한다면 그는 성인입니다.

K-Culture의 홍익인간, 팬데믹을 이겨내다

한국인의 응축된 힘

●

지극한 정성의 마음을 다해야 우주의 보편적 원리(四德)로 세상을 다스릴 수 있고, 천하에 위대한 근본을 세울 수 있고, 천지 안에 존재하는 만물의 이치를 이해할 수 있다. 지극한 정성 이외에 의지할 데가 있겠는가?

공자의 엄격하고 준엄한 정성은 인(仁) 그 자체로다! 깊고 조용하심은 땅 그 자체로다! 광대하고 광활하시니 하늘 그 자체로다!

총명함과 지혜로운 앎을 구비하고 하늘의 덕을 통달한 사람이 아니면 천지에 존재하는 모든 사물의 이치를 알고 소통시킬 수 있는 사람은 없다.

깊이 사색하고 넓게 공부하여 그 결과물을 자신만의 독특한 사고(경험)에 개입시키면 이론이 만들어지고 철학이 만들어집니다. 그것은 개념이 됩니다. 정립된 개념을 유튜브, 인터넷 블로그, 강연, 신문연재, 책 출판 등의 수단으로 알렸을 때 많은 사람이 공감하면 이론이 되고, 이론이 보편타당하다면 문화가 됩니다. 그리고 문화는 문명이 됩니다.

공자는 유학의 창시자가 아니라 유학의 집대성자입니다. 이슬람교의 마호메트도 창시자가 아니라 교리를 집대성한 사람이 됩니다. 원래 세상에 존재하는 것은 어느 날 갑자기 느닷없이 등장하는 일이 결코 없습니다. 무언가가 쌓이고 쌓여 깊이 응축되어 있을 때 그것이 도화선으로 거대한 담론의 물꼬가 되어 세상에 나타난 겁니다. 공자 이전 2500년 동안 중국엔 다양한 이론이 있었습니다. 그 바탕은 삼경으로 시경, 서경, 역경입니다. 공자는 2500년 동안 중국인들의 삶 속에 남아있는 다양한 개념을 공부하여 집대성한 결과 유학이라는 이론을 만들어냅니다. 오랜 시간 동안 쌓이고 쌓인 거대한 담론은 공자에 의해 세상에 등장합니다. 그 이론은 중국인들에게 보편타당성 있게 적용되어 문화가 되고 현대 중국문명에까지 거대한 축이 된 겁니다.

서구인에게 소크라테스와 기독교는 백인만의 민주주의요 종교입니다. 이들 사상은 정치적 목적으로 활용됩니다. 그러다 사고 전환해야 할 일이 발생합니다. 시민으로부터 비롯된 프랑스대혁명, 명예혁명, 미국 독립혁명과 아울러 1859년 발표된 『종의 기원』으로 대표되는 진화론으로 '인간 중심 사상'과 '적자생존 사상'의 정당성이 일반화됩니다. 두 사상은 근대 제국주의 사상의 기본이 되었고 일본이 조선을 강점해도 잘못이 아닌 논리가 만들어집니다. 왜냐하면 적자생존에 의해 약한 나라는 강한 나라에 종속되는 게 당연하기 때문입니다. 약한 나라를 계몽시켜 살기 좋은 나라로 이끌어 주는 게 당연한 사상인 것입니다.

백인과 미개인의 구분은 세계 1, 2차 대전을 겪으면서 혼돈을 겪습니다. 전쟁은 미개인이나 저지르는 야만적인 행위라면서 백인인 자신들이 똑같은 짓을 했다는 사실입니다. 천 년 이상 지속된 신권을 물리치고 인간 중심 세상이 도래했지만, 전체주의와 적자생존의 그늘 아래 서로 죽고 죽이는 전쟁에 충격을 받고, 혼란해진 가치관을 정리하게 됩니다. 그 작업 후 나타난 사상이 실존주의입니다. 죽음 앞엔 결국 누구나 평등하다는 자각을 바탕으로 지금, 여기에 있는 자신의 자유와 책임을 중요하게 여겨야 한다고 주장합니다. 기댈 수 없는 신이나 인간이 나를 도와주거나 좋은 상황으로 만들어 주지 않으니 그런 상황을 만드는 것은 결국 '나' 라는 뜻입니다. 그렇게 내가 중요해집니다.

또한 서구인들은 비인간적인 전쟁과 환경파괴, 자원 고갈 등을 겪으면서 무언가 크게 잘못되었음을 인식하게 됩니다. 적자생존 사상의 비윤리성을 깨닫고 대안을 찾게 되는데 그것이 바로 동양 철학입니다. 동양 철학의 대표가 불교와 유교입니다. 이 사상에서 얻으려고 한 것이 '인본주의'와 '평등'입니다.

공자 철학의 핵심은 화(和)입니다. 어울림입니다. 중용이자 홍익정신입니다. 자연과 조화, 인간과 조화, 자연과 인간의 조화, 어울림을 말합니다. 전쟁의 비인간적인 위험성, 자원고갈과 환경오염의 심각성은 현 인류의 공통 문제입니다. 결국 주변국과 이해관계의 국가가 어울릴 수밖에 없는 시대입니다. 홍익인간이 지향하는 사상과 일치합니다.

반만년 역사의 민중에 흐르는 한국인의 근본 사상은 서양의 그것과 다르고 중국과 다릅니다. 하지만 급격한 자본주의 사회가 되면서 들여온 서양 철학 및 사상을 우리 현실에 억지로 끼워 맞추려고 합니다. 개인주의를 잘못 이해해서 이기주의를 만들고 자본주의를 잘못 이해해서 '돈 신분제'를 만들었습니다. 그 이유로 우리 민중끼리 모멸을 주고받는 사회가 돼버렸습니다. 모멸감의 극치를 '헬조선'으로 표현합니다. 서구에서 개인주의는 부와 가난을 인정하고 더불어 사는 모양새입니다. 부유하면 부자임을 인정하면 될 것을 부도덕한 방법으로 부를 축적했다고 시기하고 질투하는 등 보기에 아름답지 못합니다. 현재 우리가 유학이라 부르는 것은 정통유학이 아니라 정치유학입니다. '수기치인'이 아니라 '치인'을 강조하고, 긍정적 관계보다는 역할 구분을 우선합니다. 검찰이 권력의 축이라며 판사와 검사를 목표로 공부하고 인성보다 치인에 가치를 두면서 계층갈등을 야기합니다.

민족 정체성인 홍익정신을 바로 세워야 합니다. 어쩌면 '옹졸한 민족주의'로 흐를지 모릅니다. 하지만 우린 선택해야 합니다. 임진왜란 후 조선은 '명나라'와 신흥 강국이라는 '금'에 둘러싸여 있습니다. 광해군은 중립외교로 조선의 정체성을 지키려고 했습니다. 인조는 친명배금정책을 명분으로 내세워 일방적인 명나라에 대한 짝사랑으로 치욕을 겪습니다. 어떤 어울림을 추구해야 할지 담론을 형성해야 합니다.

짝사랑은 사랑이 아닙니다. 아름답게 포장된 그것은 '집착'입니다. 사랑이 완전해지려면 서로 사랑해야 합니다. 나라가 국민을 정의롭게 사랑하지 않으면서 어떻게 '충'을 요구할 수 있습니까? 부모가 자식을 정직하게 사랑하지 않으면서 '효'를 요구할 수 있나요? 우리는 '충효'만을 강요받았지 충효의 상대적인 대가를 얼마나 받았나요?

임진왜란이나 일제강점기 때 충과 효를 요구했던 사대부는 나라를 버렸고, 일제에게 충성을 했습니다. 반면에 민중들은 나라를 지키려 의병을 만들어 왜군에 대항했습니다. 1997년 IMF 때 자본가는 금을 움켜쥐었지만 민중은 금을 내놨습니다.

우리 민중은 국가가 어려울 때마다 스스로 희생하기를 주저하지 않았습니다. 홍익정신의 바탕인 강자에 당당히 대항하는 집단주의 정(精), 자기희생의 개인주의 정(精), 이것이 언제든지 폭발할 준비를 하는 응축된 한국인의 정체성입니다. 나보다 타인을, 내 이익보다 타인의 이익을 먼저 생각하는 홍익정신이 근본에 흐르기 때문에 충과 효는 자연스럽습니다. 자기희생의 토대인 충과 효는 홍익정신에 융합된 것입니다. 한국인의 반만년 응축에너지는 홍익정신입니다. 한국인의 응축된 힘입니다.

중용 33장

치우치지 않는 것, 그것이 참 한국인

시(詩)에 "화려한 비단옷을 입고 그 위에 망사 덧옷을 드리웠네."라는 노래 가사가 있는데 이 말뜻은 아름다움은 드러나는 것을 싫어한다는 뜻이다. 군자의 도는 언뜻 어두워 보이지만 날이 갈수록 빛나며, 소인의 도는 첫눈에 찬란해 보이지만 날이 갈수록 사그라진다. 군자의 도는 담백하지만 싫증나지 않고, 간결하지만 무늬를 띠고 있으며, 온화한 빛이 흐리게 감돌지만 조리가 있다. 그러므로 아무리 먼 곳도 가까운 곳에서부터 시작함을 알고, 아무리 세찬 바람이라도 어디서부터 불어오는지 알며, 아무리 미세한 것이라도 잘 드러난다는 것을 이해하면 덕을 닦을 수 있다.

시(詩)는 말한다. "물고기가 물 깊게 꼭꼭 숨어있지만 물이 맑아 밝게 잘 보인다." 이처럼 내면은 숨길 수 없다. 군자는 자신을 성찰하여 부끄러움이 없게 하여 미움 살 일이 없도록 하라. 보통 사람이 범접하지 못하는 군자의 훌륭한 점은 오로지 깊은 내면에 있다.

시(詩)는 말한다. "네가 방에 홀로 있을 때와 하늘에 기원하는 제단 구석에서 남들이 안 본다고 부끄러운 짓을 하지 말라" 그러므로 군자는 움직이지 않아도 저절로 공경받고, 말을 하지 않아도 믿음을 준다.

시(詩)에 "조상께 제사 음악을 연주하니 하느님이 내려온다. 이때는 제사 지내는 이와 하느님 모두 말이 없어도 감화를 받아 서로 다투는 일이 없도다."라고 적혀있다. 그러므로 군자가 상을 내리지 않아도 서로 기뻐하며 따르며, 진노하지 않아도 망나니의 큰 도끼보다 군자의 위세를 더 두려워한다.

시(詩)에 적혀있기를 "크게 빛나는 선왕의 덕이시여! 모든 제후가 그 덕을 본받지 않을 수 없나이다!" 그러므로 군자가 경(敬)을 돈독히 하면 천하가 태평해진다.

시(詩)는 말한다. "나는 명덕(明德, 밝은 덕행)을 가진 자를 사랑하노라. 나는 큰소리치고 얼굴빛에 감정을 노출하는 그런 자를 귀하게 여기지 않는다." 이 말에 공자는 "소리와 얼굴빛으로 백성을 교화함은 말단이다."라고 했다.

또 시(詩)에 "덕(德)은 털과 같이 가벼운데 실천하기 정말 어렵다."고 적혀있다. 하지만 '털'도 실오라기만큼의 무게라도 있어 비교할 수 있지만, 주 문왕을 찬양하는 노래에 "하느님께서 하시는 일은 소리도 없고 냄새도 없도다!"라는 가사가 있다. 덕은 더 이상 비교할 바 없다는 지극한 표현이다.

시(詩)는 대중가요입니다. 『시경』은 민중의 노래집입니다. 왕은 통치함에 반드시 민심을 들어야 한다는 의미가 담겨있습니다. 글을 모르는 민중이 노래 가사에 민중의 삶을 담았기 때문입니다.

33장에는 시(詩)에 등장하는 구절을 일곱 번 인용하며, 군자는 가만있어도 드러나며 숨고자 해도 드러난다며 군자의 도는 많은 사람들에게 덕을 전해주는 사람이라고 극찬합니다. 그리고 당장 내 눈앞에 드러나는 것만을 보지 말고 그 이면에 숨어있는 것을 보라고 합니다.

기쁨 뒤에는 숨겨진 슬픔이 있습니다. 기쁨 안에 숨겨진 슬픔을 이해해야 합니다. 애인이 있으면 헤어질 날만 있습니다. 애인이 없으면 만날 일만 남았습니다. 눈앞에 보이지 않으니 못 보고 있을 뿐입니다. 내가 지금 슬프면 앞으로 기쁜 일이 옵니다. 내가 기쁘면 앞으로 슬플 일만 남게 됩니다.

스스로 열어놓고 삶을 살아야 합니다. 내가 나를 강조하면 편파적이 됩니다. 나를 주장하면 다른 사람은 사라집니다. 내 이익을 챙기면 반드시 다른 사람의 이익을 빼앗아 온 것입니다. 내가 1등을 하면 누군가의 1등을 빼앗아 온 것입니다. 무엇인가를 한정해서는 안 됩니다. 어떤 정의를 내려서는 안 됩니다. 피아노 건반 하나로 음악을 만들 수 없습니다. '도' 라는 건반에 '레미파솔라시' 의 음이 어울려야 음악이 살아 움직일 수 있습니다. 내가 으뜸 '도'만을 가치 있다고 정해버리면 음악은 영원히 만들어지지 않습니다.

공자는 애초에 있는 그대로, 자연 그대로 살라고 권면합니다. 매일 반복되는 삶 같지만 그 속에서 끊임없이 긴장하고 배워가는 사람만이 청춘으로 살게 됩니다. 공자는 결코 '효'란 이러하다, '의'는 이러하다, '충'은 이러하다, '인'은 이러하다고 말한 바가 없습니다. 그저 물어보는 사람에 따라 답변을 달리했습니다. 즉, 공자는 무언가 한정하지 않았습니다. 그를 있는 그대로 지켜본 바대로 그 사람에게 맞는 답변을 했습니다. 사람의 기질은 분명 모두 다릅니다. 어떻게 보편적으로 인간을 설명할 수 있겠습니까? 그러므로 군자는 나서지 않습니다. 가르치지 않습니다. 그럼에도 그는 사람들 중에 군계일학이 됩니다.

인간을 널리 사랑하는 마음을 의도적으로 알릴 필요가 없습니다. 조금 더딜 뿐 사랑은 사람들에게 반드시 빛으로 드러날 수밖에 없습니다. 드러나지 않았다고 실망할 필요가 없습니다. 누군가는 당신을 사랑하는 마음으로 지켜보고 있기 때문입니다. 그리고 또 드러나지 않으면 뭐 어떻습니까? 자기 PR은 관심받고 싶은 결핍에서 시작된 단어입니다. 손해 보면 어떻습니까? 널리 인간을 이롭게 하는데 그보다 큰 이익이 어디 있겠습니까!

내가 다투지 않으면 상대방도 다투지 않습니다. 경쟁은 부딪쳐야 발생합니다. 내가 부딪치지 않으면 갈등이 없습니다. 이겨서 이익을 취하려고 하니 다툼이 생기는 겁니다. 널리 인간을 이롭게 하려는 사람은 주변부터 서서히 변화됩니다. 그리고 점점 더 확산하게 됩니다. 물론 악용하는 사람도 있겠지만 무시하면 됩니다.

공자는 말했습니다. "내가 원하지 않는 일을 다른 사람에게 시키지 말라."

그렇습니다. 사랑은 가만히 두는 겁니다. 개입은 사랑이 아닙니다. 서로를 위하는 이로움의 믿음만 느끼게 해주면 됩니다. 그것이 치우치지 않는 중용의 덕입니다. 홍익정신이며 참 한국인입니다.

"위기 속에 한국인의 '홍익정신'이 발현했습니다"

전 세계가 코로나19로 일상이 멈춰버렸습니다. 2020년 1월 전 세계적으로 전염병이 확산되기 시작하여 위기를 느낀 국가마다 대응 방식을 두고 혼란한 상황입니다. 이런 와중에 한 줄기 빛인 나라가 등장합니다. 전염병 대처에 모범이 된 나라. 한국입니다. 각종 해외 언론이나 유튜브에는 끊임없이 한국정부의 위기 대처 능력과 선진 의료 시스템, 진단키트 기술의 탁월성, 무엇보다 자발적으로 사회적 거리두기를 실천한 한국인의 모범적인 선진 시민정신을 칭찬하기 바쁩니다.

이번에도 세계적 위기 속에 한국인의 '홍익정신'이 발현했습니다. 집단중심의 덕이 발현했습니다. 타인을 먼저 염려하는 마음으로 마스크를 착용합니다. 공공의 이익을 위해 자발적으로 규범을 준수합니다. 모범적이고 적극적인 민관의 자발적 협력은 전 세계 방역 기준이 됐습니다.

위기 속에 기회가 있다고 합니다. 세계적인 전염병 확산을 통해서 '이타적인 집단중심의 덕'이 현 인류가 지향해야 할 방향임을 깨닫게 했습니다. 전 세계에 K-Culture가 모범이 됐습니다. 이제껏 미세하게 숨겨져 있던 나보다 타인을 먼저 생각하는 홍익정신이 밝게 드러나고 있습니다. 자부심을 가져도 됩니다.

'홍익인간'은
한국인의 정체성이며
세계에 빛나는 위대한
정신입니다.